Mulheres de água

Gabriel Chalita

Mulheres de água

ARX

Diretora editorial: Janice Florido
Gerente editorial: Carla Fortino
Editora de arte: Ana Dobón

Projeto gráfico: Dany Editora Ltda.
Imagem de capa: Getty Images

Impressão: São Paulo/Brasil

Dados Internacionais de Catalogação na Publicação (CIP)
(Câmara Brasileira do Livro, SP, Brasil)

Chalita, Gabriel
Mulheres de água / Gabriel Chalita. — São Paulo : Arx, 2007.

ISBN 978-85-7581-256-3

1. Crônicas brasileiras I. Título.

07-0771 CDD-869.93

Índices para catálogo sistemático:

1. Crônicas : Literatura brasileira 869.93

2007

Editora Arx
Av. Raimundo Pereira de Magalhães, 3305
CEP 05145-200 — São Paulo — Brasil
www.edarx.com.br

Dedicatória

Às mulheres de água. Famosas e anônimas. Mulheres que preenchem. E que, como a água, movimentam, purificam, renovam, saciam.

Mulheres das metrópoles e dos lugarejos.

Mulheres da seda e do brim.

Mulheres da casa e da empresa, das duplas jornadas.

Mulheres que ensinam, que aprendem, ensinam a aprender e aprendem a ensinar.

Mulheres sábias.

Todas.

Cada uma à sua maneira.

Minha homenagem.

Agradecimentos

Antonieta Dertkigil, Carlos Renato Vianna, Carmen Valle, Eduardo Bakr, Javier Enrique Rojas, Joaquim Maria Botelho, Jorge Takla, Luiz Maria Veiga, Marcelo Modenesi, Márcia Alvim, Orlando de Assis Baptista Neto, Tadeu Aguiar e Vílbia Caetano.

Amigos queridos que por primeiro compartilharam estas mulheres de água.

Duas palavras sobre estas águas

A água pode ser nítida, quando fluida. Pode ser opaca, quando gelo. Cristalina ou turva. Tranqüila ou bravia. Molda-se ao ambiente, desliza, ocupa as gretas, vazios e vãos. Mansa ou ligeiramente ondulada, alaga planos e baixios, espraia-se. Em desníveis, empurra, puxa, ergue-se em cristas. Água com mais água ganha força, ao mesmo tempo briga, encrespa-se e encapela-se, vaga sobre vaga, turbilhão, tormenta.

Mulheres são água. Fluidos, sangue, mênstruo, seiva.

Mulheres são pássaros.
Umas cantam, tristemente, as suas penas.
Outras exibem vistoso colorido.
Mas têm
o projeto de fazer ninho,
o sonho de voar,
o vôo para o horizonte
e o peito cheio de amor.

Este trabalho é um registro. Uma comédia de costumes. À parte o tratamento caricatural de algumas personagens, o fato é que todas elas existem. Em algum momento da minha vida eu as encontrei, todas. Com outros nomes, com outras urgências, mas todas assim mesmo, autênticas, verdadeiras, elas mesmas, desnudas de hipocrisias, diante da vida.

Não há preconceitos nas histórias. As pequenas loucuras, manias, descompensações que sejam, todo mundo as tem. Mulheres ou homens. Todos nós nos comportamos com intolerância, atabalhoamento, sofreguidão, ingenuidade, ansiedade, inveja, estranhamento, raiva, vingança, surpresa, saudade, paixão... diante de situações da vida. Quantas vezes nos damos conta de nós mesmos fazendo bobagens ou insistindo em pequenas insanidades — perdoáveis ou não. O que a gente nem sempre consegue fazer é admiti-las.

Este livro trata da alma feminina. Mas é mais do que isso: é uma modesta tentativa de tradução do resultado da convivência de almas humanas. Trata de mulheres, mas trata de homens também, porque uns e outros são vívidas manifestações comportamentais originadas de heranças culturais, talvez imposições da tradição. Trata de expectativas, frustrações, esperanças, realizações, demandas e renúncias. Trata de rotina, experiências simples, caseiras, cotidianas. Trata de vida, em suma.

Trago à luz estas histórias, ainda que sem compromisso com a antropologia cultural. Meu compromisso é com a literatura, com a arte de contar histórias. Quem quiser, olhe para o espelho da água derramada e veja a si mesmo. Ou a outrem.

O que espero é que ninguém passe por estas páginas sem se sentir tocado. Como eu fui tocado por essas mulheres de água.

Gabriel Chalita
Janeiro de 2007

Sumário

Quatro

Quatro horas. Quatro anos de sofrimento. Notícia, não havia. A festa aconteceria em quatro horas. Um jantar simples, sem grandes pretensões. A data era especial. Quatro anos de casamento. Quatro anos da primeira noite de amor. Eu vivi, naquele tempo, a experiência sublime da entrega. Tinha vergonha de dizer que nada sabia. Namoro era emoção sentida por amigas mais sedutoras. Nunca tive muita sorte com os homens. Eu me apaixonava em silêncio. Não revelava a fundura da minha alma, dos meus desejos. Sabia que seria uma aventura vã. Quem me desejaria?

Tinha uma amiga, Milena, que me dava dicas. "Mudança no cabelo, maquiagem mais quente, roupas menos rústicas." Não achava que minhas roupas fossem rústicas. Milena dizia que gordura não era problema; bastava ser provocante. Eu, decididamente, não era. Corava, enrubescia, avermelhava, ao primeiro olhar, e acumulava uma pergunta em cima da outra. Todas desnecessárias. Timidez.

Certa feita, perguntei a um dentista quem era o pai da odontologia, quando nasceu, em que ano começou essa ciência. Estupidez de quem não tem o que dizer. Outra, foi com um professor de geografia. Eu iniciava a minha enquete angustiante, e o coitado tendo que relembrar rios e afluentes, serras, países que mudaram de nome. E eu, para ser sincera, nem atenção prestava às explicações. Estava era ensaiando outra pergunta e mais outra e mais outra.

Milena me recriminava.

— Tolice! Homem não tolera mulher assim. Seja feminina. Peça a ele que abra a garrafa de água para você, se faça de frágil, mostre que tem medo de barata, ria fininho.

— Não tenho medo de barata — eu confessava.

— Não importa! Comece a ter! — falava, com a autoridade de quem colecionava numerosos pretendentes.

Desperto de minhas lembranças ao ouvir o trilado do passarinho, ao longe, no restinho de Mata Atlântica para a qual a minha janela serve de moldura.

— É inveja, bem-te-vi!

Penso um pouco e concluo que não, não tinha inveja de Milena. Achava divertido seu jeito atabalhoado, sobretudo quando acontecia de ter algum varão por perto. Ela era leve e aparentemente frágil.

Eu gostava de estudar e passava horas me arrumando para ficar em casa. Não tinha para onde ir nem por que ir.

Um dia, quatro de abril, conheci João Paulo. Publicitário. Criativo. Divertido. Encantador.

Como de costume, comecei perguntando tudo o que não era importante. Principais campanhas, produtos, pai do marketing, diferenças de produtos e serviços entre países. E ele, demonstrando atenção, nada respondia. Sorria apenas e comentava traços do meu corpo e da minha personalidade. Desenhou uma orquídea rechonchuda, escreveu um poema desavergonhado que falava em partes que se abriam e acolhiam, beija-flores ousados, mel e sabor. Eu perguntava ainda mais — nervosa. E ele brincava com minha ânsia por segurança. Era um mar de águas revoltas que estava por ser visitado. Medo. Amor.

De saudade em saudade, fomos nos sentindo imprescindíveis. Afagos eram companheiros constantes. Seu romantismo me proporcionava entardeceres inesquecíveis. E tudo era surpreendente.

Milena me aconselhava a fazer-me de difícil. Impossível. Estava entregue. Não havia espaço para outro pensamento. O patinho-feio tinha se transformado. E sorrisos e espera. Espera leve — ele nunca me deixava apreensiva. Nem sequer um desentendimento. Parecia sonho. Não era.

Casamo-nos. Castelo imaginário. Tudo era tão delicado e harmonioso. Música, doces, presentes, e ele ávido de um amor que eu consegui fazer esperar. Noite de afagos — quatro anos, hoje. Noite de dança, ele conduzindo com mestria, eu entregue, sem perguntas. Silêncio. Dores. Angústia. Sem perguntas.

Havia um bilhete. Os dizeres não consigo repetir. Quatro anos apenas, e o inusitado chegou. Quem convidou?

Tivemos um filho. André. Sempre gostei de nomes bíblicos e pequenos. Nomes simples. O resto que seja construído. Ele puxou ao pai. Tanto melhor. Traços lindos, personalidade firme de quem não teme caminhar com pés próprios — desejei. Não haverá oportunidade para construir nada. Estava com o pai. Foram juntos em viagem sem volta. E agora?

Quatro horas, como quatro são os elementos que formam o universo: terra, água, ar e fogo. Deixei louco, certa vez, um professor de filosofia. Perguntas e perguntas. Sempre fui falante. Falante de assuntos não comprometedores.

Moramos no quarto andar de um prédio simples. João Paulo sempre preferiu lugares bucólicos, românticos. Da janela do nosso quarto é possível ver o parque e identificar os tais elementos da natureza. Especialmente a água, em que cintilam pérolas de luz quando a chuva mansa deposita gotas aleatórias em cima das folhas e das flores.

Nunca tive motivos para tristeza.

João Paulo era um romântico incorrigível. Bilhetes eram propositadamente esquecidos em cantos do nosso apartamento. Os presentes tinham de ser encontrados — afinal, o amor já estava ali, revelado, desnudado. Não havia mistérios, havia mistério! O luar nos assistia, dizendo poemas na pequena área que fica nos fundos do apartamento. Eu deitada na marquesa confortável, e ele dizendo coisas que me inflavam. Era assim sempre. Vez ou outra, algo mais cortante:

— João Paulo, o que você quer para o jantar?

— Quem tem o principal não se preocupa com o acessório — disse sorrindo, sorriso de desejo, e ainda completou: — Você é o principal.

Há alguns pequenos sapos, bichos aquáticos, no quarto de André. Ele gosta de sapos de pelúcia, de louça, de madeira. E fala como se fosse um adulto. Dá aula aos sapos, às vezes os repreende como se não estivessem atentos. Recomeça a lição. Dizia que seria professor. Como a professora Emília, excelente educadora, que tocou com delicadeza na alma de meu filho. É seu segundo ano na escola. Tem apenas três anos. É cedo demais para não ser mais nada.

Planejávamos quatro filhos. O bom seria que fossem dois meninos e duas meninas. Se viessem de outro jeito, seriam igualmente bem-vindos.

Os sapos estão no quarto. O professor não voltará. Ficarão sempre assim, as lições que aprenderam, aprenderam.

Um desenho do Dia das Mães está por terminar. Ninguém há de terminá-lo.

André e seu jeito carinhoso.

— Mamãe, a história do sapo manhoso, por favor, vai...

— Eu já te contei dezenas de vezes essa história, filho.

— Conte de novo, de novo...

Deveria ter contado mais uma vez ou pelo menos mais quatro vezes.

E agora?

Nunca trabalhei.

Filha única, perdi meu pai ainda criança e minha mãe no ano passado. E agora?

Já comprei tudo para o jantar. Há flores espalhadas pela casa. Gosto de cuidar de tudo. Resolvi, para surpreender João Paulo, esconder alguns bilhetinhos, lascas de ternura, que estão jogados por aí.

Quem há de encontrá-los? Tenho vivido na indesejável companhia da dor. Já arruinei pedaços de mim, imaginando que já os perdi, os dois. Se assim for, sei que vou reaprender a sorrir, um dia, mas não terei como ensinar os sapos do André.

Não há notícias.

Sabe-se que o avião se chocou no ar com outro menor. E caiu. Dizem que é o meio de transporte mais seguro. Dizem que a cada dez milhões de decolagens cai um avião. E por que esse?

Por que João Paulo foi visitar a mãe e levou o André? Por que eu não fui com eles? Por que ele não me ouviu — havia uma angústia anormal em mim. Por que não se atrasou e perdeu o vôo?

Quatro perguntas. Quatro anos de amor. Casamos no mesmo dia em que nos conhecemos, um ano depois.

Estou grávida. Ainda não sei se é menina ou menino.

Talvez seja melhor fazer o jantar. Há roupas de João Paulo que precisam ser lavadas e passadas. A televisão não diz nada. Caíram na floresta.

há tempos. Mas o que importa? A nenhuma delas chamavam solteirona. Se bem que esse chamamento não estava tão em moda.

Outro dia, reencontrou Armando, um vendedor que parecia mostrar interesse por ela numa época remota. Mas o Armando tinha se casado com outra, afinal. Faltou-lhe coragem, por certo, para a proposta, que ela teria aceitado sem pestanejar.

Há também o Antônio, açougueiro. Ela jura ter ouvido certa vez alguma gracinha dele quando saía do açougue. Bom, isso faz quarenta anos, e ele já é avô. Quem sabe enviúve... O tempo dirá. Por enquanto, a gorda da mulher dele ainda anda sorrindo por aí. Sorri de tanto comer e bisbilhotar, pensa Anésia.

Não gostou nunca do seu nome. Preferia Eva, nome de sua irmã casada, a Anésia, o seu, ainda solteira.

Gosta de batom vermelho. Arruma-se diariamente, já que, como aposentada, tem tempo para se preparar. Quando não há o que fazer, freqüenta o armazém do seu Dito. Compra sempre pouca coisa, para poder voltar logo. Além disso, não é elegante moça solteira cheia de sacolas carregadas.

Faz, vez ou outra, um jantar com mais capricho e requinte. Não convida ninguém em especial, por temer mau-olhado.

Imagino André abraçado ao pai. Imagino João Paulo tentando proteger seu rebento. Sempre acreditei em milagres.

Ainda não sabem se há sobreviventes. Algo me diz que há quatro sobreviventes. Intuição feminina. Intuição de mulher, de mãe, de quem ama.

Se forem quatro sobreviventes, os dois estarão vivos.

Mas por que eles e não os outros?

Há outras mulheres, outras mães, outras canções de tristeza.

Há outros sapos em latente espera, há outras mulheres que nada esperavam e que, surpreendidas pelo amor, se tornaram quatro vezes felizes. Quatro de totalidade. Era perfeição demais.

Mas estou grávida.

Alívio

Estão batendo na porta. Batem compulsivamente. Não sei quantos são, e nem desejo de saber eu tenho.

Estou deitada, exausta, desanimada, amarelecida, furiosa, para ficar só nesses adjetivos.

Rasguei-me em pedaços. Permiti que me invadissem e fizessem de mim tola crente. Não acredito em mais nada.

Podem bater à vontade. Acham que poderão me convencer. Pensam que sou a mesma Antônia de ontem. Não sou! Aquela morreu antes do amanhecer. Era singela, meiga, cheia de compassos acentuados, tinha musicalidade, bailava com as palavras, era menina. Aquela morreu. Morreu afogada. Morreu submersa. Vasculharam o espólio do seu tão bem guardado baú de emoções, e ela permitiu. Não tiveram cuidado com as palavras. Palavra — arma venenosa. Incendiaram seu castelo. Sem fogo. Apenas com dizeres. E nada ficou.

Parem de bater, que não vou sequer mudar de posição. Permitam-me ficar do mesmo lado em que estou. E, se não permitirem, que se danem vocês. Ficarei.

Hoje, aprendi que não posso sorrir — o sorriso é porta, e porta deve ser trancada e, se possível, com trava de madeira forte. É melhor garantir.

Antigamente, eu sorria como sorriem as desavisadas, estava sempre disposta a aprender uma nova canção. Nem de música eu gosto mais.

Continuam batendo. É um bater repetido e compassado, como as bicadas do pica-pau no tronco oco da árvore morta. É sempre assim — basta que a porta esteja trancada que a ânsia vem, ficam inquietos, querem porque querem; se se abre, entram, fazem um estrago irreparável, como a enxurrada da enchente, e partem sem o menor constrangimento.

Não vou abrir. Custou-me tomar essa decisão. Tive de usar um pedaço de madeira forte para a trava e confesso que nunca entendi do ofício da marcenaria. Era bailarina.

Mudei! Não quero saber de saltos pelo ar. Tenho medo de quebrar as pernas na hora do pouso. Prefiro ficar deitada confortavelmente sobre esta cama e talvez passar algum creme no rosto para dar suavidade.

Continuam batendo. Como são insistentes! Por que não vieram enquanto a porta estava aberta? Ou antes, quando nem porta havia. Agora é tarde. Joguei fora as sapatilhas, desaprendi os movimentos. Não tenho sequer a música adequada para a ocasião. Insuportáveis!

Ora! Pararam de bater! O que aconteceu?

Não é possível. Não devem estar longe. Como são fracos! Onde está a persistência? Não se pode renunciar e partir sem ter dado cabo da missão.

Estou apenas descansando e, no momento, sem ânimo para me levantar.

Estou apenas aguardando os acontecimentos de hoje, e eles se foram. Que desatino!

Pararam de bater. Não acredito que já tenham encontrado outra porta e estejam tumultuando outro vagão. É assim — passam de um para outro sem pestanejar. O que não querem é viajar sozinhos. Frágeis! Donos de uma aparente valentia. São saqueadores covardes que preferem ocupar outras sacadas, e não consertar a que ocupam.

Não é possível que tenham mesmo ido embora.

Não ficarei aqui largada. Sou impaciente, e a rotina me cansa.

Não tolero essa porta cerrada, sem ninguém para incomodar.

Quem pensam que são? Nem sequer avisaram que estavam prestes a desistir!

Há pouco, a violência com que batiam atestava que ficariam ali por muito tempo. Covardes, covardes, covardes!

Ouçam! É só silêncio!

Ufa... estão batendo outra vez.

Não saio daqui, podem bater à vontade. Já disse que não vou abrir.

Tolos. Quiseram me pregar uma peça. Eu é que não saio daqui.

Silêncio de novo! Ai! — foram embora!

Alívio! Ainda estão batendo... É melhor que continuem. Não vou abrir.

Anésia ainda solteira

Estava velha, mas ainda nutria certa esperança de arrumar casamento. Lera em alguma revista que uma sexagenária havia engravidado. Ouvira, no salão de beleza, que uma tal de Anita, virgem confessa, arrumara, enfim, um pretendente. Não era grande coisa, e a própria tia lhe censurava a escolha. Mas era um homem. Seu homem. O evento matrimonial ainda não fora marcado, mas era uma questão de semanas.

Anésia nunca fizera plástica. Faltava coragem. Cremes, usava-os em abundância, especialmente os de tom alaranjado. Ficava horas com legumes recortados sobre o rosto, limpando e refrescando a pele. Nessas horas, não tolerava perturbação. O máximo que fazia era, a espaços, erguer um pouco o pescoço, equilibrando as fatias no rosto, em gestos robóticos, para espiar sua aparência refletida na parede de vidro do aquário dos peixes coloridos e da água cristalina e borbulhante. Um bom espelho, aquele, principalmente porque lhe ornamentava o semblante. Naquele reflexo, era pessoa mais completa, e, mais ainda, pessoa em processo de aperfeiçoamento, com mobilidades sutis de pequeníssimas ondas produzidas pelo rabear dos peixinhos vivos na natureza líquida.

Arrumava-se com vagar. Freqüentava todos os lugares em que lhe parecia possível encontrar um varão. Dos bailes de terceira idade aos campeonatos de bocha, dominó ou tranca. Das excursões para compras em Foz do Iguaçu às missas dominicais — sempre podia surgir um viúvo, um largado, um solteiro.

O tempo não tem sido seu aliado. Suas amigas, que nem se prepararam tanto para o feito, acabaram por encontrar um companheiro. Ninguém interessante, mas foram cortejadas. E ela? Ninguém.

Usa roupas adequadas para a idade. Não gosta de excentricidades. O perfume já fora trocado numerosas vezes. Usa loções que, em tese, serviriam de atrativo.

Confidenciou-lhe uma amiga meio mística que tardaria, mas não falharia. Essa era a lembrança mais reconfortante. Não fazia regime, mas as amigas gordas estavam arranjadas. Arranjadas, mas decerto nem dormiam juntos. Decerto os afagos se foram

Para evitar sofrimentos, tem um pé de pimenta na entrada da casa. Se vier alguém, que saiba logo de início suas manias. Não são muitas. Mas tem.

Beija os quadros dos defuntos toda noite. Faz como o beija-flor, que não tem compromisso com a flor e a beija apenas pelo prazer que sente com o sabor adocicado. Outra mania: dá três voltas na chave, em cada fechadura. Mais uma: limpa o lençol com licor de amora — apenas algumas gotas, para atrair amor.

Dorme ouvindo músicas de criança. Está se preparando para quando os rebentos vierem. Talvez não tenha paciência.

Quanto aos trajes de dormir, não fala, nem ao confessor. Tem um segredo que lhe passou uma que há pouco foi levada ao altar.

Anésia sorri de quando em vez — não é educado mostrar os dentes por aí, principalmente moça donzela!

Ensaio

Já lhe disse que nunca fui de bisbilhotices. Sempre deixei a coisa para lá. Achei que isso fosse sabedoria. Hoje não sei mais. A solidão rouba o espelho da razão. Fica alma pura que vaga de cá, vaga de lá, e se assusta de repente. Acho que se assusta é com a liberdade azul. Também... não tenho nada pra fazer. Bem, gosto de contar o tempo que falta. Que falta para não sei o quê. E ninguém vem. Ou, decerto, passaram por aqui enquanto eu dormia. Ora, bolas! Há anos que não durmo. É verdade. Dormir para quê, se quando se acorda é tudo igual? É como água de poço, parada, contida, confinada, no máximo agitada por uma ou outra gotinha que despenca do balde preso à corda, lá em cima. Mesmice. Chatice.

Dia desses me peguei com saudades. Saudades dos outros? Não. Saudades de mim mesma. Saudades de sofrer de amor. E, quando dói, dói tanto que parece coisa dominada por estranhezas, coisas não humanas. É uma ruptura de possibilidades, uma teimosia que fica morando na lembrança de quem prometeu e não cumpriu.

Até os mais toscos, em matéria de sentimentos, sabem que palavras são ditas e que seu domínio se encerra logo depois, como o canto melodioso do sabiá, que se esvai no ar. Bobo de quem acredita. Palavra e canto, ambos ficam, concretos, na memória da gente. Tenho saudade de ser boba, saudade de acreditar que promessas de amor duram para sempre.

Passaram. Não que não fossem verdadeiras. Foram no instante em que foram ditas. Depois... depois... ninguém entende mais nada. Quem tem manias como eu até guarda uns bilhetinhos, umas cartinhas, uns presentinhos de surpresa. Devia era jogar tudo fora. Aprendi há muito que ficar mexendo na ferida é pior. Não cicatriza. Mas as emoções são burras. É daí que nasce a teimosia.

A gente tem de falar todo o tempo: não, não e não! E, às vezes, nem assim. É que nem criança mimada. Quer porque quer. Brinca com fogo. Não tem consciência do perigo que corre. A gente envelhece, mas as emoções parecem que ficam do mesmo jeito. E nós também: crianças de tudo.

Teve um que foi assim. Viu-me de longe e foi chegando. Eu, no começo, não achei muita graça, não.

Estava longe, pensando naquelas coisas que não têm importância, mas que ocupam o dia inteirinho para que chegue logo nem sei o quê.

Pois ele chegou e foi perguntando:

— Filha de quem?

E eu repliquei logo:

— Por que é que eu tenho de dizer?

— Preciso saber se você é moça boa.

— E pra quê?

— Pra me casar com você.

Ah! Que atrevido!

Achei mesmo atrevimento demais. Mas sabe que gostei do atrevimento? Olhei para um lado, olhei para o outro. Queria que alguém visse a minha vitória. Conquistar alguém é uma vitória, ora. Mas, em compensação, a gente fica meio boba, meio entregue, perde um pouco a noção do nada.

Fui delicada com ele, mas disse que era nova demais para pensar nessas coisas. Disse e fiquei com medo de que não viesse a insistência. Mas ele insistiu. Falou que teria paciência, que me amava.

— Assim, tão rápido?

— Estava escrito que eu te encontraria e que seria pra sempre.

— Escrito onde?

— No livro da vida. Não há como mudar nosso destino.

Fiquei ainda mais lisonjeada em saber que um homem tão sabido tinha gostado de mim.

Resolvi não fazer troça e me deixei enamorar. Ele até ficou mais bonito. Comecei a sorrir, aquele sorriso bobo, sabe? É, esse mesmo. E, tensa, fui passear de mãos dadas. Mas fui!

Fazia calor, e eu lá, gelada. Nunca mais seria como alguns minutos antes. Não tinha volta. E eu não sabia ainda o que era sofrer de amor.

Não vou encompridar a história, não. Menos de um ano depois, ele disse que ia partir.

— Pra onde?

— Ainda não sei, mas não podemos continuar, não vai dar certo.

— Por quê?

— É melhor assim. Não quero fazer você sofrer.

— E o tal do livro da vida? E o seu destino? E o amor que você disse...

— É, passou!

Como eu sofri... Sentada todos os dias no mesmo banco, eu esperava que ele voltasse. Claro que ia recusar qualquer tentativa de reaproximação. Claro que ia tratar com frieza. Diria, isso sim, um monte de desaforos. Isso sim, isso mesmo. Ele merece ser xingado.

Durante semanas e semanas eu esperava. Mudei o texto várias vezes. Chorei. Sofri. Ele não voltou nunca mais. Decerto o tal livro do destino estava errado. Eu tenho até um bilhetinho dele em algum lugar.

Ê, homem bobo!

— Não gosto que me remede, já falei que não gosto. Devia era remedar a mulher de seu pai, que não tem categoria nenhuma.

Eu não ligo para ele, mas o desgraçado veio morar bem em frente, janela a janela. E a exibida fica mostrando o peitinho cor-de-rosa. Nunca vi gostar tanto de andar de sutiã. Eu é que não perco o meu tempo em ficar olhando. Ele parece um bobo. No dia em que a apresentou oficialmente aos filhos — é, aos filhos, porque eu não ia perder meu tempo ouvindo homem bobo —, disse que a moça era praticamente virgem. E os sonsos repetiram isso: "Mãe, ela é praticamente virgem".

Ô, gente boba! Até o acauã do vizinho, no viveiro, ao ouvir a história, despejou uma risadinha debochada.

O que é *praticamente virgem*? A moça foi noiva de um, casada com outro, arrumou namorado depois e era praticamente virgem. E eu, sou o quê, então? Eu, que só conheci um homem? Eu, que corei diante dele na lua-de-mel?

Ele sempre foi bobo, e eu agüentando. Vieram as crianças, o tempo foi passando e de repente ele se engraça com uma menina da idade dos filhos dele.

— Tá apaixonada — me disse o Arnóbio José.

O filho saiu sonso como o pai. Apaixonada nada. Quer é me irritar.

Eu é que não vou morrer dos nervos por causa de mulher à-toa. É isso mesmo. Para mim, mulher que pega homem casado é mulher à-toa. Ainda mais com essa conversinha de *praticamente virgem.*

Ele vivia dizendo que eu era mal-humorada. Mentira. Tudo bem que eu não precisava congelar o sorriso e cumprimentar o mundo. Não sou aeromoça. Não sou vendedora.

Ele, sempre prestativo com os estranhos, gostava de fazer gracinhas, meter-se na conversa dos outros. Falta de educação.

Olha lá. Está na janela mostrando o sutiã de novo, a quase virgem. Se pudesse, sairia na rua assim. A Jandira, que é manicure da família dela toda, me disse que a mãe não bate muito bem. Vive reclamando que não dorme. "Faz nove anos que eu não durmo." Mentira. Como é que alguém não dorme há nove anos? “Meu marido não está bem. Noite passada vazou a noite inteira.”

Já intimei Jandira a perguntar que tipo de vazamento é esse. Decerto a filha vai ficar igual. Gente ruim, quando dá cria, perpetua loucura.

Jandira disse que o marido dela fala sozinho com uma tal de Ângela Maria. A mulher diz que ele delira. E que a tal da Ângela Maria é a cantora. Mentira. É uma namorada que ele teve e que nunca esqueceu. Bem feito para a mulher dele. E a filha é a cara da mãe, e eu não sou de rogar praga, não, mas que ela vai engordar, vai. Come que nem uma louca e fica andando de sutiã.

Deviam era proibir! E aquele risinho azedo de quem está enganando o velho. “Quase virgem.” Tem que ser muito bobo mesmo.

Eu não tenho nada com isso. Tenho mais o que fazer. Tenho as minhas novelas, tenho os meninos, que já estão crescidos, mas que precisam de mim. Tenho ocupações na igreja.

Mas que me irrita, me irrita, a “quase virgem” de sutiã o dia inteiro.

O otário do Arnóbio disse que ela não trabalha porque tem enjôo. Bem que eu devia ter escutado a Joaninha. Homem, quando é bobo ainda jovem, com o tempo piora. A “quase virgem” tem enjôo, então ela tem que ficar em casa desfilando de sutiã o dia inteiro.

Eu é que não tenho nada com isso. Nem cumprimentar eu cumprimento.

Olha lá. Está com a boca cheia. Decerto tem lombriga também, senão já teria engordado. Mas o bicho uma hora morre de tanta comida que entra pela boca dela — é isso mesmo: cadela! E aí ela vai ficar igual à mãe.

Ê, homem bobo!

Maria das Dores

Não sei se fui apresentada. Sou um pouco tímida, um pouco lilás, aliás, sobretudo com estranhos. Gosto de ficar quieta, imaginando o que fazem as outras pessoas. Sempre crio uma historieta boba. Rio bastante e depois esqueço.

Acho as pessoas muito esquisitas. Não tenho vontade de casar. Acho que enjoaria. Ia faltar assunto. Um tempo eu agüentava; muito tempo, não! Sou quieta e ao mesmo tempo inquieta. Estranho, né?

Apetite, não tenho muito. Acho sem graça ficar mastigando o dia inteiro, como o sanhaço, o passarinho das frutas. Tem gente que gosta de comer assim. Falta do que fazer. Comida demais faz mal. Pensamento, também. Por isso eu crio uma historieta para os outros — é melhor do que pensar na gente.

Dia desses fui ao médico. Sempre vou. Tenho medo de ficar doente sem saber. Tem gente que tem pressa no consultório. Eu, não. Sou capaz de ficar horas imaginando a doença dos outros. Crio cada uma... depois esqueço.

Tenho manias, também. Todos os dias, pergunto ao oráculo o que devo fazer, quem devo visitar. Sei que nunca vem resposta. Mas eu pergunto. Ninguém tem nada com isso.

Televisão, em casa, quase nunca ligo. Acho estranho quem acompanha novela e torce e comenta na feira e sofre. Tudo bobagem. Conversa fiada. Bom mesmo é ficar observando a fonte de cimento no cantinho iluminado da sala. Água escorrendo, com aquele barulho que só água tem, comovente e macio. Isso é que é divertimento.

Mas fila de banco também é divertida. Eu não cumprimento as pessoas, mas fico de olho. Eles me acham meio louca, porque tenho uma cara enfezada. Tenho mesmo. Isso impõe respeito e garante uma certa distância. Detesto gente boazinha que sai dizendo bom-dia, boa-tarde — tenho vontade de dizer mau-dia, má-tarde, mas não digo nada. Quanto menos se fala, menos mau-olhado pega na gente.

Visito sempre a Cecília Maria, amiga antiga. Ficamos horas quietas. Ela, em um sofá, e eu, em outro.

E ela bem sabe que, ao primeiro bocejo de uma ou de outra, eu me levanto e vou embora. Nem me despeço. Não gosto dessa melação de beijinhos daqui e de lá. Cecília Maria é surda-muda. Tanto melhor. Não sei nada da vida dela, nem ela da minha. No caso dela, eu nem fico inventando historieta. Ela é muito próxima para isso. Por isso é melhor manter distância.

Não dirijo. Não gosto de buzinas. Gente elegante sabe esperar. Gente elegante é discreta. Não buzina nem gargalha. Quem não sabe rir baixinho melhor ficar em casa para não incomodar. E gente boba ri à toa. Mania de mostrar que é feliz. Bobagem. Ninguém é feliz! É que ninguém quer que o outro saiba da própria desgraça, e aí vem um monte de conversa fiada.

Não perco velório. Acho falta de respeito quem não acompanha procissão de defunto. Deveria ter lei obrigando. Que história é essa de deixar defunto sozinho? Nesta semana, fui a dois. Um, de um velho conhecido, e outro eu vi anunciado num daqueles papéis de poste. Fui. Coloquei uma roupa adequada, o xale negro e fui.

Não gosto de dar condolências. Apenas me faço presente e reparo se tem alguém da família chorando. Acho que no tempo das carpideiras os velórios eram melhores. Hoje se dizem amenidades. Absurdo.

E o morto lá, sem poder participar.

Não vou a casamentos. Não acho certo. Casar e descasar. Por que casar? Nem batizado. Não tenho paciência com criança e não gosto das mães que ficam exibindo seus filhos. Gente estranha. “Dá beijinho”, “Olha que lindo”, “É a cara do pai”. Mentira! Criança não tem cara de ninguém.

Amanhã é meu aniversário.

E daí?!

Vou visitar Cecília Maria!

Sim e não

Sim e não, eu repito numerosas vezes.

Sim, eu o amo. Amo com toda a loucura dos meus sentimentos, amo com a força do desejo que dilacera partes de mim. Uma dor física me bombardeia sem piedade. Temo a morte em preto-e-branco de parte de mim. Temo o tempo que tarda, que não se adianta para que a tosca lembrança se perca. Enquanto o tempo não cumpre o seu papel, fico em lembranças doentias. Frases que foram ditas, fotografias. Guardo loucamente ingressos de espetáculo, entradas de cinema, presentinhos. Amo com a ilusão de que o gosto que vinha dos olhares se perderá para sempre. Os insuportáveis programas que fazíamos juntos fazem falta agora. As chatices, ora, chatice é não tê-las!

Sim, eu amo, e não adianta dizer o contrário. Amo e ponto. Pelo menos agora.

Não. Oh, palavra milagrosa! Não há como dar certo. Não. As tentativas foram feitas. Não faltou entusiasmo. Ações. Transformações. Pequenas e grandes renúncias. Tudo em troca de um toque que fosse. Migalhas — odeio migalhas!

Não. Não há por que perder o amanhecer. Que medo é esse de acordar e enfrentar mais um dia de sofrimento? Que venha o sofrimento. Que venha o canto tristíssimo do uirapuru junto com ele. Estarei inteira ou estará inteira a parte inteira que resta de mim.

Não. Não quero mais a angústia da espera do que não vem. Que não toque o telefone ou a campainha, que não venham cartas nem recados, que não nos encontremos por aí.

Não. Hei de conseguir enxergar o drama — aumentei demais sua beleza, seu prestígio, seu valor. Não. Ele não tem valor!

Sim. Deixei-me levar pelas teias de suas tramas de sedução. Maldita carência — palavras sem importância ganham contorno de poesia. Sisudez de escolhas. Não escolhi, fui colhida. Deixei-me ser arrancada de minhas convicções para servir ao amor. Desculpei os atropelos. Sempre compreendendo que o tempo haveria de corrigir os desleixos da relação.

Tempo! Onde está o tempo agora, que não me socorre?

Onde está o tempo que não antecipa a nova estação? A nova estação que trará o degelo, permitindo que se mova lentamente a massa imensa e esverdeada do iceberg, parede de água em estado de estar. O sólido se liquidifica, a dor se solidifica.

Sei que virá. Sempre vem. Mas quando? Não, não quero pensar nos substantivos que não existiram. Sou criadora, sim. Criadora de adjetivos a quem não merece e de cacos nas minhas artérias. É sangue velho que me percorre as veias. Tenho medo de entupimento. Estou presa.

Sim, eu amo.

Não, eu amo o amor que falta em mim. Sim, eu quero. Não, eu quero um outro luar. Esse está empoeirado demais.

As estrelas cúmplices partiram, me esperam na outra estação. Nesta, perderam a paciência com minhas idas e vindas.

Sim.

Não.

Se depender de mim — até amanhã! Sozinha!

A sabedoria de Joaninha

Joaninha tem medo de tubarão.

Por prudência, nem molha os pés na água da praia. Prefere ficar na areia, observando o vai-e-vem apressado das gaivotas.

Tubarões são cinzentos e traiçoeiros, e, quando menos se imagina, vêm. E aí o estrago está feito, jura ela, argumentando ainda que pé de moça é mais atraente.

Joaninha sempre foi a filha recatada e aprendeu com o pai, senhor Alfeu, que não se pode tomar água antes de viagem de carro. Se houver algum acidente, lá se vai a bexiga. Explode tudo. Já disseram a ela que isso é bobagem, mas prevenção nunca é demais...

Joaninha é professora. E repete para a irmã, Norminha, que é a mais amada da escola. Conta os elogios que os alunos fazem às suas roupas e penduricalhos. Gosta de bijuterias. Usa-as sem economia.

Tem o cabelo bem armado. O laquê é companhia indispensável. Norminha não tem paciência com as histórias da irmã e finge não ouvir. Joaninha repete a história, o que deixa a outra profundamente irritada, a ponto de lascar uma má-criação:

— Eles falam da sua roupa, do cabelo, dos troços que você pendura. Decerto é porque, da aula mesmo, não têm nada pra dizer.

Joaninha não se importa. Sorri e recomeça. Explica que cada pulseirinha tem um significado. Há as medalhinhas dos santos com os quais ela mantém certa intimidade. Há os amuletos contra mau-olhado porque, como se julga muito bonita, teme que alguma invejosa roube sua energia. Há no colarzinho uma coleção de frutinhas e florzinhas.

Norminha se irrita com a quantidade de diminutivos. Ranzinza que só, diz que é para contrastar com a exuberância da gordura da irmã, que freqüenta a casa dos aumentativos.

Joaninha acha a irmã um pouco amargurada. Norminha sempre leva a sério o que dizem os jornais. Ela prefere não saber das desgraças. Religiosamente, senta-se diante do televisor e acompanha as novelas. Como companhia, uma tigela de pipoca e alguns brigadeiros. Come primeiro os brigadeiros — não gosta de ficar com gosto de doce na boca. Sempre que tem de jantar na casa de estranhos, embrulha um pedaço de pão de sal e leva na bolsa; depois da sobremesa, entra no banheiro e come o pão como se fizesse uma estripulia.

Norminha acha ridículo ter de ouvir essas histórias.

Joaninha gosta de batom bem vermelho. Como tem pouca sobrancelha, preenche o resto com lápis preto. Acha que ninguém nota, devido à naturalidade do traçado. Todos os domingos, faz bolo de brigadeiro e leva ao padre vigário da igreja matriz, cujo padroeiro é Santo Antônio. Freqüenta a missa das dez, ocasião em que estréia as roupas novas. Aprendeu com a mãe, falecida há muito, que o primeiro lugar em que se usa um vestido ou um tailleur novo é na missa. Ela sempre se emociona quando se lembra desses ensinamentos.

Joaninha tem vários lencinhos com suas iniciais bordadas. Usa-os em casamentos, velórios, cinema — quando vai em excursão para a cidade vizinha — e, invariavelmente, nos capítulos finais das novelas.

E o choro demorado e permeado de comentários irrita Norminha, que se levanta e vai ler no quarto.

Joaninha passa pelo menos duas vezes ao dia na Rua Bernardino de Campos, onde reside o advogado Ernesto da Conceição.

Ernesto fora uma paixão. Na verdade, ele nunca nem soube disso. Tanto não soube que se casou e mudou. Mas anda por aí, de novo, morando na mesma casa. Separou-se da mulher, parece.

Como Joaninha não é mulher oferecida, apenas passa em frente à casa dele, e, com o rabo do olho, repara no movimento. Às vezes, ela o encontra e recebe dele um aceno elegante com a cabeça.

Gosta de ficar na janela, acompanhando o andarilhar das pessoas. Sempre cumprimenta e quer saber pacientemente como vão as coisas.

Gosta de preencher o diário de classe como professora caprichosa que é, com letras grandes, redondas e coloridas. Discretamente pede a seus alunos para ser homenageada no final do ano. Isso a deixa muito emocionada.

Conta toda a sua vida em sala de aula. Sem pressa. Fala mais dela mesma do que do assunto em pauta. Em algumas ocasiões, convida os alunos para um recital de piano. Sempre toca as mesmas músicas — porque não sabe outras, estudou pouco tempo, e mesmo assim se considera uma exímia pianista.

Arruma-se para as aulas com capricho. As unhas sempre muito cuidadas, grandes, vermelhas. Gosta de tamanquinhos e roupas coloridas. Prefere os vestidos de bolinhas às calças compridas.

Seu enxoval de casamento está pronto. Há muitos e muitos anos.

Tudo bordado à mão, por ela mesma. Homem nenhum poderia dizer que lhe faltam os dotes de moça prendada. Ela sabe que, no fundo, Ernesto gostaria de desposá-la. É apenas uma questão de tempo.

Norminha não se conforma com as cartas que ela vive escrevendo para o Ernesto. Letras grandes, redondas, frases mais importantes destacadas em vermelho, desenho de coraçãozinho por toda a folha, que é sempre colorida e perfumada. Todas elas guardadas em gavetas com sachês e sabonetes cheirosos.

Um dia, ela envia todas de uma vez.

Ou aos poucos.

Ainda não decidiu.

Norminha é mais nova que Joaninha. Viúva. Mãe de dois filhos. Os dois casados. Já casou também um neto.

Joaninha não revela a idade e lamenta quando Norminha diz a dela e ainda acrescenta que é a irmã mais nova.

Sua reclamação tem razão de ser: Norminha já se casou, e ela ainda não.

Não fica bem saberem que é a mais velha.

Joaninha gosta de falar dos sobrinhos e sempre exagera nas histórias elogiosas. Norminha desmente. Joaninha sorri e pede que tenham paciência com a irmã.

Em ocasiões especiais, Páscoa e Natal, ela faz os embrulhinhos de presente para uma lista de pessoas queridas e entrega de casa em casa.

— Falta do que fazer — comenta Norminha.

Joaninha não liga.

No dia de Finados, passa a maior parte do tempo visitando túmulos de familiares e entes queridos. Faz promessas e novenas. Santo Antônio há de ouvi-la um dia. Decerto até já ouviu. É que apenas ainda não concordaram em relação ao marido certo.

Gosta de recortar fotos de artistas das revistas e colar em cadernos cuidadosamente encapados. Fica mais fácil acompanhar a história de cada um.

Sempre escreve cartas para programas de rádio e televisão e participa de todo tipo de sorteio. Um dia, há de ganhar alguma coisa. Ainda ontem comentou com Norminha sobre uma simpatia nova arranja-marido. Ela ouviu na cabeleireira.

Norminha não quis saber. Ela insistiu e disse que a coisa é mais ou menos assim:

— ...e você escreve o nome do tal. No caso, Ernesto. E repete uma frasesinha que faça rima. Por exemplo, assim, ó: "Eu quero Ernesto, e fique você com o resto". Tem que dizer isso às dez da manhã e às quatro da tarde. Todo dia, sem pular nenhum.

— E por que nesse horário? — pergunta Norminha, com ironia.

— Há coisas que eu não posso lhe dizer — responde Joaninha, com sabedoria.

Atende

Estou com ódio de você. Ódio! Roxa de ódio!

Acho que meu erro começou no dia em que resolvi ter você. Para que ser mãe? Para isso? São duas da manhã e você não atende essa droga de celular. Decerto decidiu me irritar. Vai ver está olhando para esse celular e caçoando de mim. Não, você não seria capaz disso... Não seria desnaturado a esse ponto. Queria que o seu aparelho não tivesse identificador de chamada. E seu pai está aqui, dormindo. Claro, ele não tem idéia do que é ser mãe, não foi ele que sofreu nove meses, que ficou enjoado, que...

Sou eu de novo e o telefone não atende. Você se esqueceu do trote que nos fizeram na semana passada, de que você tinha sido seqüestrado? Custa atender essa droga?! Você não tem sentimentos, não, Otávio? Sua vida sempre foi muito fácil. A culpa foi minha. Eu o mimei demais. Não quis que você sentisse as angústias que senti na vida. Protegi-o de tudo.

Lembro-me de nossas idas à praia. Eu prendia pequenas bóias nos seus braços, nunca me distanciava mais do que um passo de você dentro da água e tratava de agarrá-lo a cada onda. O vai-e-vem das águas fazia ir e vir os meus medos. O balanço da água balançava meu coração. E para quê? Para ficar que nem uma louca, em pé na madrugada, e você olhando para esse celular e pensando: "Vou deixar a louca mais louca e não vou atender".

Olha aqui, rapaz, não é porque...

Não sei por que esse espaço para recado é tão pequeno. Mas eu ligo de novo, ah ligo! Estou desesperada. Onde você está, a estas horas da madrugada, com a droga do celular tocando e uma campainha infernal, como o martelo insuportável do cantar da araponga?!

Eu não lhe dei esse tipo de educação. E você ri, né, Otávio? Você ri! Ri do mesmo jeito debochado de quando conta aos seus amigos, aqueles mauricinhos, que eu fiquei chantageando para que você não fosse estudar na Espanha. Só fiz o que faria uma mãe de bom senso. Seu pai não estava bem, e eu fiquei deixando recado, sim, no seu celular, perguntando se, no caso de ele morrer, eles pagariam a passagem para você vir para o velório.

Ai, que saudade da sua risada! O que será que aconteceu? Droga, esse negócio não está mais gravando... Mas eu ligo de novo. Ligo, sim.

Otávio Antônio, por que essa porcaria chama, chama e ninguém atende? Se está chamando é porque não está fora de área nem desligado. Eu sou louca, mas não sou doida.

Aliás, eu devia era estar bem louca quando resolvi ser mãe. Para quê?

Para sofrer o resto da vida. É uma coisinha crescendo dentro da gente, nadando num lago de líquido amniótico, como um girino. É uma coisinha crescendo dentro da gente, insignificante. E de repente fica sendo a pessoa mais importante do mundo. Quando é criança dá um trabalho danado, depois cresce e aí... aí vira filho do mundo. Agora você nem pede opinião quando vai comprar roupa, cortar o cabelo. Tudo é a namorada. Ela é quem sabe tudo.

Otávio Antônio! É a sua mãe, menino! Se é que você se lembra de que tem mãe.

Leve a Fernanda, o amor que você escolheu para a sua vida, para escolher o terno da formatura. Vocês bem que se merecem. E, tem mais, detesto quando ela me chama de tia. Não sou tia dela. E ela ainda me olha de alto a baixo. E eu faço o mesmo. E se ela me acha brega, pode saber que é recíproco.

"Tô apaixonado!"

"Mãe, a Fernanda é a mulher da minha vida."

Mulher da sua vida!... Cretino! E eu não sou nada, né?! Noites e noites sem dormir, e eu não sou nada. Eu que dou a minha vida por você, que não viajei por sua causa, que deixei de comprar...

Continua sem atender. Será que você está com a Fernanda em algum lugar onde não possa atender a própria mãe? Não acredito que estejam os dois olhando para o celular e rindo do meu nervosismo. Ah, não é possível!

Você sabe que eu não sou de ficar incomodando, você sabe que eu não dou palpite na sua vida, mas eu estou com medo, dá para entender?

Eles ligaram e disseram que você estava com eles. Eu quase morri, meu amor. Juro que ouvi uma voz, com a certeza de que era a sua voz, chorando e implorando por socorro. Sei que era trote. Mas quase morri. Tenho motivos pra estar assim, meu amor. Eu o amo, filho, eu o amo. Droga...

Otávio Antônio, tomara que inventem um celular que dê choque nas pessoas. Isso, sim. Aí, se o delinqüente não atende, toma logo um choque.

Quero ver a desculpa que você vai inventar. Porque o celular está chamando. Chama até cair nessa droga de caixa postal.

Ai, meu Deus! E se aconteceu alguma coisa?...

Ai, meu Deus!

Filho, me desculpe por tê-lo xingado. Você é a minha jóia. Se aconteceu alguma coisa com você, juro que morro.

Otávio Antônio, você foi a criança mais linda do mundo. Eu lembro que você tinha medo de galinha, e de bruxa também, e pedia para eu olhar embaixo da cama para ver se...

Meu filho, é sua mãe de novo. Talvez você nunca ouça esta mensagem, mas eu preciso dizer. Como é que eu vou entrar no seu quarto? Arrumar para quem? Nunca mais vou fazer quibe com coalhada. E os seus CDs, dou pra quem? E o seu brinquinho? Eu era contra, mas ficou tão lindo em você! Por que eu impliquei tanto com o seu cachorro?

Ah, meu amor, eu espero que você não tenha sofrido. Eu sei que o céu existe, mas os homens são tão cruéis. Já vi tanta história medonha. Meu filhinho, eles não podiam ter feito isso com você, não podiam. Você nunca fez mal a ninguém, você...

Otávio Antônio, eu tenho que dizer que o amo. Cada pedaço seu saiu de mim e foi crescendo. O seu olhar, filho. Quando criança, olhar de curiosidade. Adolescente, uma safadeza gostosa. E você implicava comigo. Chamava-me de velhinha, de dona doida. Saudade do seu beijo, meu filho. Você chegava suado do futebol e sujo de lama e vinha me abraçar e eu te dava bronca e você me pegava no colo. Nunca mais vou ouvir que eu sou a melhor mãe do mundo. Por que justo eu tenho que passar por isso? Ai, meu Deus. Ai, eu estou desesperada! Meu filho único! Meu filho único...

— Agenor! Agenor!

(...)

— Como o que houve, Agenor?! Mataram o Otávio Antônio! Mataram o nosso filho, meu amor. Mataram a nossa vida. E agora? O que é que nós vamos fazer? Acabou. Acabou tudo.

(...)

— Mas só podem tê-lo matado! Não há meio de ele atender o telefone! Ligue, pode ligar no celular dele. Chama, chama, dá até para ouvir aquela campainha insuportável que ele colocou. E ele não atende.

(...)

— Dormindo? Então a campainha que estou ouvindo é do aparelho celular dele, lá no quarto de cima?

(...)

— Meu Deus! Não acredito nisso. Eu não estou ficando louca. Liguei umas dez vezes.

(...)

— Mas que coisa...! Esse sono pesado é por causa da Fernanda. Eu avisei, Agenor, que esse namoro...

(...)

— Está bem, está bem. Vamos dormir.

Amor-Próprio

Se você quiser ficar com ele, fique. Já decidi que não quero. Não sou dessas mulheres que insistem nas coisas, sabe? E parece que você precisa dele. Que sem ele a sua vida não tem muito sentido. Eu vejo o quanto você se esforça para seduzi-lo. Acho triste essa dependência, mas, afinal, eu entendo. Acho até que são emoções mal resolvidas. É a sua criança interior e anterior que não foi amada. É um buraco que há dentro de você há muito e que ele acabou ocupando. Ocupou como a água da chuva fina, que vai se somando e deslizando, enchendo os vãos e as gretas.

Olha, isso não é amor, não. É obsessão típica do joão-de-barro com sua fêmea. Veja bem, isso é o que *eu* acho. Você pode achar diferente. Mas de uma coisa eu sei: que você depende dele. Eu sei como ele trata você. De um modo que a deixa vulnerável. Ele é assim com todas. Acho que ele não consegue amar, e talvez você também, não — senão, você já teria dobrado a esquina.

Já decidi que não quero. Prefiro chorar de uma vez só a ficar lamuriando a vida toda, reclamando de um amor sem amor.

Agora, você me parece que aceita. Esse homem tripudia sobre seus sentimentos. Só faz o que quer, e você é apenas uma peça descartável, uma coadjuvante. Que triste, uma mulher que nasceu para protagonizar espetáculos fica aí, de assistente de nada, do nada. Não consigo entender uma vida desperdiçada. É você sumindo, caindo no cadafalso das projeções e se deixando emaranhar em sentimentos confusos. Ele tranca a possibilidade e se gaba de enjeitar e conquistar quando quer e como quer. Pobre de você, que tudo aceita e não reage. Não suporto essa passividade. Isso beira a burrice, a sandice. Tola. Pobre mulher tola.

Eu sou diferente. Já sei o que quero. E não quero ficar com ele, não. Fique você. Eu sou, sim, uma mulher resolvida. Quero apenas algumas coisas com ele. Quero ensiná-lo a ser melhor. Quem sabe, uma vez ou outra, alisar os seus cabelos e brincar de criança, imitando vozes para fazê-lo sorrir. Quero estender uma colcha de sentimentos que ele possa usar quando o inverno da alma se esquecer de ceder espaço para a primavera. Quero limpar os seus óculos e, às vezes, ler o jornal para ele. E talvez soltar algum comentário sem importância, só para estar por perto. Quero convidá-lo para fitarmos o pôr-do-sol e preparar pra ele um poema diferente, um daqueles singelos, que revelam o que há de mais bonito na gente. Quero ouvir suas façanhas e rir dos exageros. E fingir que acredito. E mansamente me desdobrar em amante, mãe e filha. Quero sentir, cuidar e ser cuidada. Quero dizer que cada pedaço de seu corpo foi talhado cuidadosamente para ser contemplado. Quero contemplar com delicadeza e buscar os jornais pela manhã, depois de passear pelo parque com o cachorro. Antes de ele acordar já estarei com o frescor de um novo dia, acompanhado do sabor da refeição matinal com pedaços de mel. Eu, inteira, um mel para adoçar. E na doçura terei a certeza de que a metamorfose há de acontecer. Quero ajudá-lo a ser de fato um homem com todos os predicativos condizentes com os de um homem. Se há alguém com capacidade de transformá-lo, esse alguém sou eu. O amor é milagroso. A epifania do homem nascido no toque certeiro de uma mulher. Eu serei fada ou, se necessário, bruxa. Eu serei eu mesma ou, se necessário, outra qualquer, e depois ainda outra. Serei como a água, que toma a forma do recipiente que a contém. Vale a pena. A causa é um grande amor. Será que há mais de um amor? Será que a outra parte do anjo saberá viver sem encontrar a metade que falta? Sei que haverei de sofrer, mas o sofrer faz parte do viver. E sofrer com ele será melhor, sobretudo nos momentos em que ele tiver tempo de reparar que eu existo.

Mas não! Não quero ficar com ele, não. Fique você, que não tem amor-próprio!

Um dia com Goretti

Goretti acaba de acordar. Tem sono leve e detesta ficar se mexendo na cama. Basta o pipilar de um tico-tico de passinhos rapidinhos no parapeito da janela e Goretti estala os olhos cor de violeta. Por isso se levanta, invariavelmente, antes das seis.

Abre a janela e vê que o dia está ensolarado. Tem pavor de dias assim. Dias de sol acentuam seu já habitual mau humor.

Toma um banho ligeiro. Não é de bom-tom ficar horas embaixo do chuveiro, principalmente em tempos de racionamento de água. Mas nem sempre consegue com que o banho seja rápido. Gosta de ficar imóvel, de cabeça baixa, com o jato do chuveiro direcionado para a nuca. Observa longamente os fios de água percorrerem caminhos diversos, corpo abaixo, confluindo diretamente para o intervalo entre as coxas, perdendo-se no chão e escorrendo pelo ralo. Sobe o olhar mais uma vez para acompanhar nova seqüência de pequeninos rios que descem, como longos dedos tocando a pele — e o pensamento provoca certo quê de lascívia, de sensualidade. Às vezes, demora para se livrar dessas garras líquidas. Mas, em tempos de racionamento de água, até os sonhos sensuais são limitados.

Enxuga-se. Veste, como costuma dizer, um "paninho qualquer" e parte para o primeiro contato humano do dia — a coitada da Leni.

Leni é a quarta doméstica do ano. E estamos apenas em fevereiro!

Goretti toma apenas café preto pela manhã. Come quase nada. É macérrima. Tem olhos grandes, boca grande, nariz grande. Apesar das numerosas plásticas. O resto é bem pequeno. É baixinha e por isso usa saltos bem altos. Gosta de roupas extravagantes. E embora negue, a qualquer custo, muda a cor do esmalte de acordo com a que observa em mãos de mulheres com aliança. É supersticiosa.

Pela vigésima vez na semana, Goretti pergunta se entregaram seus livros de francês. E estamos apenas na quarta-feira. Leni diz que não. Goretti, enfezada, não se conforma com o atraso do material do curso de francês. Matriculou-se há duas semanas. Por uma razão utilitária. Tinha ido duas vezes seguidas a um restaurante e viu um homem que lhe pareceu interessante conversando em francês. Tinha lido no começo daquela semana, no horóscopo, que haveria de encontrar o homem de sua vida. Não teve dúvidas: seu destino estava traçado. Imediatamente se dispôs a aprender francês. Comprou filmes, CDs, DVDs, livros. E o material básico do curso não chegava...

Goretti sai de casa para o trabalho. Cheia de cremes e de chapéu novo. Dá uma olhada no espelho, de passagem, e se sente uma francesa. Sai repetindo para si mesma as poucas palavras que aprendeu. Considera o seu sotaque bastante adequado. Faz biquinho para melhorar a pronúncia. E sai, com os dois celulares ligados.

Tem uma camionete. Detesta carros pequenos. Liga o som com o CD de Charles Aznavour e tenta acompanhar as letras das canções. Lamenta não ter sido cantora. Um talento desperdiçado. Mas sempre é tempo.

Começa a telefonar. Tem algumas multas de trânsito por ter sido apanhada falando ao celular enquanto dirigia. Mas não se importa. Liga e reclama do dia, do trânsito, do trabalho, das mulheres gordas. Tem fobia de mulher gorda. Considera um desleixo. Olha para os carros ao lado e fica imaginando o quanto as pessoas são infelizes. Podem até fazer cara boa, mas ela não se engana, não.

Chega ao trabalho. Atrasada, como sempre. Coloca a bolsinha sobre a mesa e sai para tomar um café com a Elvira. Elvira detesta Goretti, mas fica sem jeito de recusar os convites. Há uma história entre as duas.

Como Goretti, Elvira vivia tentando encontrar o homem da sua vida. Um dia, encontrou. Contou entusiasmada para Goretti, que retrucou logo: "Não tem o tipo de quem leva a sério um relacionamento. Não quero gorar, não, mas acho que não vai dar em nada". Elvira ficou enraivecida, mas nada disse. Goretti prosseguiu: "Ele já te ligou hoje?". Elvira fez com a cabeça que não. Nisso, tocou o telefone. Era ele. Elvira atendeu, falou e depois lançou um olhar vencedor para a companheira. Goretti não perdeu tempo: "Ligou, mas demorou, não acha?". Passados alguns meses, Elvira comunicou a Goretti que ia ficar noiva. Goretti disse que achava impossível. Elvira ficou noiva. Elvira falou sobre a data do casamento. Goretti disse que uma coisa era marcar e outra coisa era casar. No dia do casamento, Elvira recebeu os cumprimentos de Goretti, sorrindo com ar de quem desmentia com resultados os maus prognósticos da companheira. Goretti não teve dúvidas: "Vamos ver quanto tempo vai durar". Por essas e outras histórias, Elvira não gosta de Goretti.

Sentaram-se no salão de café. Goretti pede duas bananas e um pouco de mel. Não come. Reclama que as bananas estão duras. Pede um sanduíche de queijo quente e come metade. Reclama que o queijo não estava bem derretido. Reclama do café. Reclama da demora em trazerem a conta. Elvira só balança a cabeça. Antes de saírem, Goretti comenta com Elvira sobre duas mulheres mais velhas falando em inglês com um belo rapaz entre elas. O rapaz não diz uma palavra. Goretti jura que são americanas e que o rapaz é garoto de programa e por isso não fala inglês. Ela também não fala, mas fica imaginando o que as duas estariam dizendo. Acha intolerável esse tipo de desrespeito. Avisa Elvira que vai comunicar ao dono do café. É contra o turismo sexual. Nisso, o rapaz começa a conversar em inglês. Elvira olha para Goretti, que, depois de dizer que o rapaz deve ter feito um cursinho rápido, levanta-se, irritada.

Voltam para o trabalho. Goretti está sem vontade de trabalhar. Começa a telefonar. Adora dar conselhos. Para uma pessoa, sugere que deixe o namorado, não confia nos homens; para outra, sugere que desmarque a viagem do fim de semana, decerto vai chover; para outra, desaconselha a compra de um carro novo, sempre desvaloriza quando sai da revendedora. Para outra, comenta sobre serviços que não funcionam. E assim acaba sua manhã de trabalho.

Levanta-se e vai almoçar. Convida Elvira, que ensaia dez desculpas para não aceitar, mas na hora não consegue dizer nada e vai. Escolhem um restaurante self-service. Vários tipos de risoto, massas, carnes, legumes, saladas. Ela olha tudo. Nada lhe agrada. Pede uma canja de galinha bem quente. Prefere isso a essas comidas mexidas e remexidas por todo mundo. Repara na mesa ao lado e acha absurdo um homem tão velho com uma menina. Por isso é que mulheres da idade dela não têm acompanhante. É contra relacionamentos assim. Diferença de idade é um dado relevante, sim. Olha para outro lado e tem a certeza de que é um casal se separando, embora não consiga ouvir o que eles dizem. Explica para Elvira que tem intuição e que por isso sabe quando um relacionamento está por um fio. Pede um pouco de sal, porque acha o tempero fraco. Pede queijo. Come metade e resolve tomar sorvete em outro lugar. Elvira tenta argumentar que precisam voltar ao trabalho. Goretti, decidida, entra numa lanchonete e pede dois sorvetes. Elvira diz que não quer. Goretti manda e ela toma. Pede um café. Não gosta da temperatura. Reclama com o moço do caixa e diz que foi mal atendida, que demoraram para trazer o açúcar e que nesse intervalo o café esfriou. O homem diz que ela não precisa pagar. Ela diz que dinheiro não lhe faz falta e deixa para ele o troco. Goretti deve dois mil reais para Elvira. Já faz um certo tempo, e ela nem toca no assunto. Elvira fica sem jeito de lembrá-la.

Goretti quer comprar uma pasta para guardar o material de francês que ainda não chegou. Liga para a livraria e esculhamba a vendedora. Fala que é uma questão de vida ou morte e que quer porque quer o material ainda hoje. Entra na loja e compra uma pasta. Pede a Elvira que pague, prometendo acertar logo depois. Só tem uma folha de cheque e não gosta de usar cartão, porque se atrapalha toda.

Goretti volta ao trabalho. Elvira não se conforma e telefona para Aninha e reclama de Goretti. Aninha dá muitas broncas na amiga e determina que não se faça mais de boba.

Goretti pega o jornal e começa a procurar apartamento. Faz isso há muito tempo. Não tem dinheiro para comprar apartamento algum, mas joga sempre na Mega-Sena. Semana passada sonhou que tinha sido assaltada, pegou o livro de interpretação de sonhos e viu que era sorte e dinheiro. Jogou, na certeza de que ficaria milionária. Não ganhou. Recorta os apartamentos e, de vez em quando, marca com o corretor para visitar alguns. Quando ganhar na Mega-Sena, pelo menos já escolheu o apartamento. Não gosta de fazer as coisas na correria.

Goretti não terminou o relatório que o chefe pediu. Acha que ganha pouco e que não é obrigada a fazer tudo o que mandam. Se quiserem, que arrumem outra. Exatamente às cinco da tarde, ela se levanta e sai. Não trabalha um minuto a mais. Faça chuva ou faça sol. Convida Elvira para que conheçam uma escola de balé. Elvira tenta dizer que tem outro compromisso, mas ela insiste e diz que é rápido. No caminho, telefona para algumas pessoas e reclama do dia estafante que teve. Fernando, amigo antigo que fala sem censura, sugere que não se inscreva no balé; diz que é jogar dinheiro fora e que na idade dela há outro tipo mais adequado de dança. Ela muda o trajeto e resolve ir ver a academia onde ensinam sapateado e *flamenco*. Liga de novo para outras tantas pessoas e resolve desistir da dança. Elvira tem pressa. Goretti pede que passem rapidamente numa *brasserie*. Ela quer se acostumar aos docinhos e pãezinhos franceses. Elvira paga a conta e ela diz que acerta tudo no dia seguinte.

Goretti entra em casa e fica indignada porque não encontra Leni. Tinha pedido que a empregada a esperasse, mas Leni não acha justo ter que ficar depois do horário. Goretti pensa em demiti-la no dia seguinte. Liga para Fernando, comenta a decisão, e ele sugere que ela tenha paciência. Liga para Elvira, que tenta não atender o telefone, mas acaba atendendo. Goretti fala, fala, fala, reclamando de Leni, e nem espera o palpite de Elvira. Desliga o telefone e pensa em tomar banho. Desiste. Já tomou pela manhã.

Senta-se e espera a hora de ir ao tal restaurante onde conheceu o francês. Vai lá todos os dias, desde que o viu, mas nunca mais o encontrou. Não se conforma. Tem raiva de si mesma por não ter sequer anotado o número do telefone dele. Já conversou com todos os garçons, ninguém tem idéia de quem seja o francês. Gente sem preparo. Deviam era ter um cadastro com os nomes dos clientes. E ele foi lá duas vezes! Como ninguém sabe?!

Ela se levanta, coloca uma roupa melhor, arruma o cabelo. Goretti tem bastante cabelo. Começa a andar pelo apartamento enquanto espera dar a hora.

Tem quarenta e dois anos, mas, segundo ela mesma, parece ter menos. Desistiu de mentir a idade, porque Fernando contava para todo mundo a idade correta. Antes de sair, fica procurando fios de cabelo branco. Mas não encontra. Isso porque, sempre que acha algum, arranca. Nunca pintou o cabelo. Resolve trocar os sapatos. Tem pés muito pequenos.

Acha que a blusa está um pouco decotada. Tem pouco peito, então é mais prudente esconder tudo. Assim fica o não visto, o imaginado, mais abundante do que de fato é.

Desce para pegar o carro. Encontra o síndico no elevador. Ele a avisa da reunião de condomínio. Ela detesta reunião de condomínio e não gosta de contato com o síndico. Passa pela portaria e não se conforma — o material de francês ainda não chegou. Exige que o porteiro ligue para o porteiro do outro turno para verificar. O homem tenta dizer que se o material tivesse chegado estaria ali. Ela fica enfurecida. Ele se rende, telefona para o colega, mas dá a Goretti a mesma resposta de antes: "Não chegou encomenda, não, senhora". Goretti liga para a livraria. Uma, duas, três vezes. Ninguém atende. O porteiro tenta dizer que já são sete horas da noite, decerto fecham às seis. Ela manda que se meta com a vida dele e sai decidida a não dar caixinha de final de ano. Pega o carro e liga para o Fernando. Reclama do porteiro. Reclama da livraria. Diz que tem vontade de mudar de prédio, de cidade, quem sabe, de país. Fernando sugere que ela vá ao restaurante com uma roupa azul. Leu isso no horóscopo dela. Goretti está de vinho. Ela volta. Passa pela portaria e nem olha para o porteiro. Irrita-se com a demora do elevador e fica apertando compulsivamente o botão. O porteiro balança a cabeça, mas não ousa repreendê-la. Descem três crianças. Goretti detesta crianças. Lamenta ter de morar num prédio onde também morem crianças. Sobe apressadamente e dá de cara com os vizinhos de porta, dois velhinhos muito simpáticos, que perguntam como ela está. Goretti responde: "Péssima!". Eles dão um sorriso sem graça e tomam apressadamente o elevador. Goretti não acha uma roupa azul que lhe agrade. Liga para Fernando e pede que leia de novo o horóscopo para ver uma segunda opção. Fernando é categórico. Não há opção. É melhor fazer o que está escrito. A contragosto, Goretti coloca uma blusinha azul e acaba tendo de mudar a calça. Espera, sem paciência, pelo elevador. Toca o telefone. É alguém, uma tal de Tereza, "mas pode me chamar de Terezinha", funcionária de adestrada polidez, pedindo confirmação de dados para recadastramento do telefone celular. Depois de xingar a moça, ela exige que arrumem o seu nome na conta do telefone. "Goretti com dois 'tês'. Dois 'tês'. Já pedi duzentas vezes e continua vindo com um 'tê' só. Eu detesto Goretti com um 'tê' só." Terezinha jura que vai arrumar e diz que entende a reclamação. E pergunta se há mais alguma coisa que possa fazer por ela. Goretti responde explicando a história do atraso do material de francês e acaba por contar a história da Leni, que não a esperou. Fala ainda sobre o porteiro. Terezinha, a funcionária da empresa de telefonia, deseja, no momento em que conseguiu, uma boa noite.

As crianças continuam na portaria. Goretti sai de cara feia. O porteiro diz que chegou correspondência. Ela ensaia um sorriso e depois desiste. Não é o material de francês. É a convocação para a reunião de condomínio. O porteiro se vingava — sabia da ansiedade dela. E ela sai.

No caminho, liga para a mãe. Briga com ela. Não se conforma com a viagem que os pais vão fazer. Acha que estão velhos, que deviam era ficar em casa. A mãe não se importa. Conhece a filha. Goretti liga para o irmão, que não atende. Ele nunca atende, porque não tem paciência. Ela deixa recado. Na verdade, desaforos e mais desaforos. Sabe que ele não vai dar retorno. Mas liga sempre, mesmo assim.

Chega ao restaurante. Senta-se numa mesa de onde pode ver e ser vista. Fica sozinha, repetindo as poucas palavras de francês que conhece. Pede apenas água, sem gelo e sem gás. Olha para a porta, que se abre e fecha várias vezes. E nada do francês. Olha para as outras mesas. Acha complicada a relação de uma família que ela vê ao longe. Criar filhos adolescentes não é fácil, pensa ela. Vai ver o menino usa drogas, senão não estaria com o cabelo tão armado. Achou uma outra senhora com cara de doente. E, numa terceira mesa, tem pena do olhar de tristeza de um casal, devem estar em final de relacionamento. Começa a se irritar com a demora do francês. Liga para o Fernando, que sugere que ela tenha paciência. Liga para Elvira, que não diz nada. Liga para a mãe, aproveita para insistir que não viaje e fala de previsões de tempestades e de outras calamidades. A mãe, bem-humorada, responde dizendo que adora chuva e emoções fortes. Goretti desliga o telefone, irritada. Liga para o irmão, que não atende. Deixa um recado ainda mais mal-educado. Liga para o Fernando, que diz que o francês deve ter morrido. Desliga o telefone e joga praga no Fernando. Liga para Elvira e diz que ligou errado. Fica com ódio do garçom quando pergunta se ela quer mais alguma coisa. Se quisesse, teria pedido! Quer o tal do francês que não chega nunca. Liga de novo para o Fernando e diz que ele é um infeliz e que o francês não morreu. Era uma questão de tempo. Só não chegou porque devia estar ocupado. Desliga o telefone na cara do Fernando.

Resolve ir embora. Não tomou nem um terço da sopa que pediu. Achou que faltava gosto. Reclamou com o *maître* e pediu o carro. Xingou o manobrista pela demora.

Chega ao prédio e percebe que sua vaga está ocupada. Liga para a portaria. Faz um escândalo com o porteiro. Quando consegue ouvir, percebe que estava no segundo piso da garagem e que sua vaga era exatamente naquele lugar, só que no piso acima. Finge que não tinha dito nada e sobe para estacionar o carro na vaga correta.

Pega o elevador. Entra em casa. Liga para o Fernando e desliga antes de ele atender. Vê que ele liga de volta, mas resolve não atender. Vê que ele deixou recado, mas não quer ouvir. Resolve não tomar banho. Já tinha tomado pela manhã. Liga a televisão. Fica com ódio da programação. Muda de canal muitas e muitas vezes. Interfona para o porteiro. Pede para falar com o zelador. Reclama do porteiro e pergunta pelo material de francês. Liga para a mãe, que não atende. E deixa o último recado malcriado do dia para o irmão.

Passa água de rosa no rosto. Acha o lençol malpassado. Pensa em demitir Leni. Acha a noite um pouco fria. Tem pavor de dias ou noites frios. Deita-se e pensa no francês. Amanhã vai a uma vidente que saiba dizer o endereço do francês. Começa a se mexer na cama. Está sem sono. Liga para o Fernando e pergunta por alguma vidente. Fernando diz que vai tentar descobrir e pede que ela descreva o francês. Ela diz que não é fácil, pois ele estava do outro lado do restaurante. Fernando pergunta como ela sabe que era francês, insiste em saber se ela ouviu alguma coisa. Ela responde categoricamente que sim, embora não consiga distinguir francês de italiano ou de outra língua parecida. Fernando fica em silêncio. Goretti acha que o erro foi insistir no francês. Agora tem certeza de que ele é italiano. Decide que no dia seguinte vai comprar filmes, CDs, DVDs e livros em italiano. E vai se matricular em um curso de italiano também. É isso. Agora entende o aviso do destino. O material não tinha chegado porque o prometido era italiano, e não francês. Desliga o telefone e liga para Elvira, que com ódio, muito ódio dela mesma, acorda e atende o telefone e ouve em silêncio toda a história. Goretti procura na televisão um canal em italiano e sorri, esperançosa. Liga para o restaurante para falar com algum garçom. Ninguém atende. É tarde. Tem a certeza de que o sonho dessa noite será em Roma. Roma... Sorri sabiamente — Roma, ao contrário, é amor. É isso, é isso que a partir de amanhã não há de faltar: amor.

Goretti dorme. Ufa!

Judith, a impaciente

Judith não tolera pessoas lerdas. Mesmo assim, casou-se com Antero, o lerdo.

Era independente, desde menina. Ao responder as primeiras perguntas dos pais ela já revelava, com arrogância infantil, que personalidade teria mais tarde. Suas respostas eram do tipo: “Por que quer saber?”, “Por acaso vai comigo?”, “Se eu quisesse mais, eu mesma colocaria”. Lembrava um galo-da-serra, branco brilhante, de crista empinada, de olhar perscrutador. Inquieta.

Nas festas de aniversário, mostrava-se totalmente impaciente com toda a gente que a chamava de lindinha. Irritava-se mais ainda com pessoas que diziam que ela era a cara da mamãe ou do papai. Não poucas vezes perguntava aos convidados se já não estava na hora de eles irem embora.

Já adolescente, Judith era um verdadeiro problema na escola. Dizia, a quem quisesse ouvir, que não tinha preconceitos, com exceção de um: não admitia gente burra. A burrice deveria ser banida da face da terra, afirmava ela. Corrigia os professores, censurava quando os exemplos usados eram pueris, arrumava encrenca com colegas que não exigiam respostas inteligentes dos professores.

Foi fazer medicina. Durante uma aula, irritou-se com um professor de metodologia que dissertou durante dez minutos sobre o espaço que deve ser deixado na margem esquerda para fazer um parágrafo. Disparou, sem a menor delicadeza: "Que descoberta fantástica! Isso deveria ser registrado no livro das invenções!...". A um professor que avisou estarem todos no laboratório de anatomia, ela replicou: "Pensei que fosse um clube de regatas!".

Não conseguia conter a intolerância com erros de português. Contava o número de *nés* e *tás* e depois avisava: "Hoje o senhor se superou. Foram setenta e dois *nés* e seis dezenas de *tás* em sessenta minutos de aula". Fazia questão de tapar os ouvidos, com gestos bem escandalosos, quando ouvia gerundismos. Reclamava que coisas como "vou estar trazendo", "vou estar passando", davam-lhe enxaqueca.

Formou-se. Começou a clinicar. Procurava ser gentil, mas fazia questão de mostrar a dureza de quem não está aí para perder tempo. Fazia de tudo para controlar seus ímpetos, mas nem sempre — ou quase nunca — conseguia.

Certa feita, uma paciente lhe perguntou se teria mesmo de tomar as injeções. A resposta veio mais rápida que um tiro: "Não. Apenas compre. Em alguma oportunidade especial você dá as injeções de presente para o seu marido".

Sueli era sua secretária havia alguns anos. Mas corava de medo cada vez que tocava a campainha. Sempre entrava perguntando se havia sido chamada. Uma vez, Judith respondeu: "Não. Estou tentando tocar uma sinfonia de Beethoven com o som da campainha. A senhora acha que sou capaz?".

E fez mais: mandou Sueli ligar para Beethoven. E com urgência.

Sueli, dona de uma certa cultura, sabia que Beethoven já estava morto havia algum tempo. Mas a intolerância de Judith a fazia até duvidar do seu bom senso. Começava a imaginar que ela estava se referindo a algum outro Beethoven e corria pra atender ao pedido.

Judith detestava paciente que levava a mãe. Principalmente quando a mãe se achava na obrigação de contar toda a história dos antecedentes da moléstia. Mulheres que enchiam os relatos de detalhes, respirando muito entre uma palavra e outra, dando tom de tragédia a cada minúcia. E tinha aquelas que usavam até dois pontos e travessão na linguagem oral.

Uma vez apareceu no consultório uma mulher de uns quarenta anos, já bem crescidinha, que poderia muito bem ter ido desacompanhada. Mas não. Levou a mãe, uma senhora até simpática, mas com aquele ar de sofredora, que começou uma história sem fim, rica em detalhes e mais detalhes. Começou por informar que, ao se sentir mal, a filha estava sentada ao lado dela, vendo televisão. "Eram umas seis horas. Ou seis e meia?... Não! Decididamente eram seis e meia, porque já tinha passado uns dois blocos da novela." E Judith ouvindo. "Eu sempre sei quando são seis e meia, porque é a hora daquele comercial de creme anti-rugas. Aquele. Da moça deitada na areia, com o mar infinito ao fundo, verde, verde. Acho lindo o cenário. Deve ser algum lugar no Caribe. Então... eram seis e meia." E os detalhes cresciam na medida exata da lerdeza da narrativa. Pois as duas estavam, lado a lado, vendo televisão, logo depois daquele comercial do creme anti-rugas, quando tinha tocado o telefone. Era o Jerônimo, a senhora conhece, filho da dona Ruth, não conhece? É o mais velho, que mora no Rio. Perguntou de novo se Judith o conhecia. Tentando ser simpática, respondeu polidamente que não, não conhecia. "Ah! Um moço muito bom. Mas, sabe, está com problemas com a esposa. Eu nem devia estar contando isso pra senhora, doutora, mas acho que é importante, porque um filho que não está bem acaba com a vida da mãe." A filha até tentou interromper, mas a mãe estava entusiasmada com a conversa. Já ia perguntando se a doutora Judith não ficava triste com casamentos desfeitos. Judith sentia um calor subindo pelo pescoço e afogueando o rosto, mas conseguiu se conter e apenas sorrir, constrangida, sem responder. A mãe da paciente não se dava por achada e já avançava para um comentário sobre saias muito curtas usadas em novelas, essa exibição descarada de corpos jovens na televisão, que só tinham que acabar mesmo incentivando a separação dos casais. Judith até balbuciou uma frase, dando a entender que era preciso resumir a história. Mas a mãe da paciente seguiu no mesmo ritmo. "E aí a campainha do telefone tocou. E a senhora sabe quem era, doutora?" Foi a gota d'água para Judith. Formulou a resposta com a maior firmeza e cinismo: "Não me diga que era o Jerônimo ou a dona Ruth. Porque não deveria ser. Deveria ser a morte, convidando a senhora para um passeio. E aí eu garanto que sua filha ficaria ótima".

A consulta terminou aí.

Nas horas vagas, Judith gosta de jogar cartas. Mas discute sempre com o marido, que cochila entre uma rodada e outra. Não consegue entender como alguém dorme com tamanha facilidade. Mas há outros motivos para irritação. Perde a paciência com pessoas que conversam durante o jogo e com aquelas que não prestam atenção. Detesta perguntas do tipo: "Sou eu agora?". Por diversas vezes se levantou sem se despedir de ninguém e foi dormir.

Antero é lento. E para Judith não há nada mais irritante do que vê-lo passar na frente do televisor, parar, pensar em algo que devia fazer, mas esqueceu, fazer menção de voltar, mudar de idéia, avançar um pouco, abaixar-se para pegar algo, voltar-se para ela. E não sai nunca da frente do aparelho. Sempre faz isso, e demora uma eternidade para se mexer dali da frente. Judith se irrita ao extremo a cada vez, mas tenta não brigar, porque sabe que ele não faz por mal. Faz porque é tonto, porque é lerdo.

Antero gosta de lhe fazer carinhos. Quando lhe diz que está linda e pergunta se vai sair com a roupa que ela acabou de colocar para alguma festa ou coisa assim, ela responde: "Não, coloquei a roupa para vir ao quarto e desfilar um pouco. Agora vou trocar de roupa para sair. Talvez saia de camisola".

Judith tem pavor dos vendedores de loja que lhe perguntam o nome. Sempre responde algo entre o impronunciável e o obsceno, para que o vendedor fique com cara de bobo. E não resiste a um sorriso vitorioso logo depois. Odeia que lhe peçam para dizer em qual ocasião vai usar a roupa. Acha que tudo isso é treinamento malfeito, gente superficial.

Judith não tolera almoços familiares. Sempre há alguém que se atrasa. A mesma coisa acontece em festas, pensa ela, por isso prefere ir somente aos eventos em que não há jantares com lugar marcado. Gosta de chegar na hora que quer e ir embora sem se despedir, à francesa. Se lhe pedem que fique um pouco mais, é como se uma coceira a obrigasse a apressar o passo.

Em elevador, faz força para não avançar nas pessoas que comentam sobre o tempo ou sobre o trânsito.

Em teatro, é capaz de repreender se alguém comenta alguma coisa, ainda que sussurrando. Já tirou ela mesma o celular de uma menina inadequada. Acha grosseiro quem fica falando no cinema.

Certa massagista, chamada para atendê-la em plena segunda-feira pela manhã, entabulou uma conversa interminável sobre o fim de semana. Perguntou do marido, das opções de lazer da cidade, do trabalho. Quando perguntou se já podiam começar, Judith saiu-se com essa: "Fique à vontade. Se quiser terminar primeiro toda a pesquisa de comportamento humano, vá em frente. Tenho o dia inteiro para ficar respondendo".

Bem, ela tinha lá suas razões para intolerância, comentava Antero. As pessoas são muito futriqueiras. E Judith sorria de ternura para o marido, embora passasse boa parte do tempo corrigindo seu português: "Não é *menas*, é menos; não estou *meia* cansada, estou meio cansada; não é *questã*, mas questão". Fora os comentários genéricos que ele fazia e cuja observação vinha de imediato: "Sei. Todo mundo gosta disso... Quer dizer que você fez uma pesquisa no mundo inteiro?". Ou ainda: "É o melhor? Sei... Segundo qual critério? O da sua mãe, que sabe tudo?".

Com a sogra, curiosamente, tinha certa paciência. Visitava-a com freqüência, principalmente depois que ela perdeu a voz.

Quando saía com Antero, Judith gostava de dirigir o carro. E não deixava passar sequer um comentário dele. Como naquela vez em que ele quis saber se ela estava trafegando na faixa de ônibus. "Não. Estamos na faixa de avião." Ou ainda, ao comentar a placa de um banco no andar térreo de um prédio comercial, quis entender se se tratava mesmo de um banco. E Judith assertivamente disse: “É um açougue. Pode ter certeza. É um açougue”.

Mas o casamento deles vai muito bem. Dizem que os opostos se atraem.

Ontem mesmo, num comentário desses que saem sem querer, dizia ele que a campainha devia ser do telefone tocando. E ela, sorrindo com meia boca: “Ora, ora, pensei que fosse o apito de um trem. Eu estava inclusive me preparando para abrir a porta”.

E ele docemente sugeriu que ela se levantasse e abrisse mesmo, quem sabe o trem tivesse alguns passageiros impacientes, aguardando.

Amor com amor se paga.

Loreta, a disponível

Loreta sai, em mais um dia de busca do companheiro ideal. Aprendeu com as tias que nunca é tarde para encontrar homem. Loreta já mudou a cor, o tipo e a forma do cabelo algumas vezes, como se fosse o passarinho sete-cores-da-amazônia, todo enfeitado de vida. Acha-se linda e muito simpática. Acha-se a mulher mais interessante que conhece e, mais ainda, uma trabalhadora exemplar. Faz propaganda de si, a si e aos outros. Já leu muitas biografias, mas nunca conheceu alguém tão interessante quanto ela mesma. A única coisa que lhe falta é o companheiro ideal. O que não deve ser fácil, porque, com sua beleza e inteligência, os homens acabam ficando assustados — é o que acha.

Sempre foi muito corajosa. Nunca teve receios de lançar redes, fosse em que lagoa fosse. Não considera inteligente essa história de que mulher deve ser recatada e se fazer de difícil. Nos tempos atuais, quem assim age fica sem ninguém. Mulher tem de se mostrar. Propaganda é a alma do negócio.

Conta vantagens sem parar, na esperança de que seu discurso alcance outros auditórios. Fala de si mesma no salão de cabeleireiro, nas lojas em que costuma fazer compras, nas salas de espera do dentista e do médico. Seus relatos são recheados de eventos épicos — sobre algum apaixonado que quase se matou por causa dela, sobre o estonteante elogio que lhe fez algum pretendente. Mas, no final da conversa, sempre dá jeito de deixar claro, claríssimo, que está disponível. Afinal, outros homens precisam ter o privilégio de conhecer uma mulher tão especial.

Lida com revisão de textos. Trabalha ao lado de Maria Antônia, uma velha viúva que a contragosto continua indo ao escritório, e de João das Mercês, um galanteador. João das Mercês fora abandonado pela mulher havia vinte anos e ainda sonha com outro amor, que bem poderia ser Loreta. João lhe compra flores e balas de gengibre. Considera atitude de alto grau de romantismo ofertar balas de gengibre. Acha inusitado. E as flores compõem as teias de sedução. Loreta gosta de ser cortejada e tripudia sobre Maria Antônia.

Loreta chega ao trabalho cantando. Acha sua voz maviosa e sussurra em outras línguas, principalmente francês, inglês e alemão. Jura que domina as três — só não fala para não humilhar os monoglotas.

Vai sempre aos bares onde podem ser vistos homens interessantes. Acha uma boa estratégia usar aliança, porque homens dão mais valor às mulheres comprometidas. Quando lhe dá na cabeça, tira a aliança. Em frente ao espelho, em casa, ensaia sorrisos, dizeres, olhares. Treina no trabalho, com João das Mercês, que não consegue ocultar o seu deslumbramento. Maria Antônia, por sua vez, finge não estar na mesma sala. Loreta entende a viúva, que em toda a vida teve apenas um homem e que agora não tem idade para novas aventuras. Ela, ao contrário, ainda há de ter muitas, muitas experiências — é o que diz para si mesma. Sorri, agradecendo ao destino por todos os dotes físicos e intelectuais que recebeu. "Difícil encontrar outra pessoa assim. Algumas são inteligentes, outras simpáticas, outras bonitas, outras experientes, outras sedutoras. Eu, com toda a humildade, posso dizer que sou todas essas ao mesmo tempo." Diz isso para João das Mercês, que bate palmas, fremente, emocionado. Maria Antônia apenas meneia a cabeça e continua a trabalhar. Afinal, estão ali para isso.

Uma coisa que deixa Loreta enfurecida é o comportamento de pessoas que, por despeito, não a elogiam. Suas roupas são selecionadas pela vividez da cor, exatamente para serem notadas, e do mesmo modo os cabelos, as unhas e os adereços. É impossível, Maria Antônia reclama, não ouvir o ruidoso tilintar das pulseiras e penduricalhos da disponível Loreta. As vendedoras das lojas sabem perfeitamente o que precisam fazer para vender mais roupas a ela. Os donos de lojas de cremes também já perceberam o seu ponto fraco. E, almejando gorjetas melhores, os garçons, em restaurantes, os manobristas, nos estacionamentos das lojas, os guardadores de carro, nas ruas. Todos sabem que um elogio basta.

Uma coisa ainda falta. Ela não assume em público, mas teme. Teme porque falta apenas um outro grupo a convencer de todas as suas preeminentes qualidades. É o grupo dos pretendentes. Eles não chegam em profusão, aos magotes, como era de esperar. "Mas eu entendo. Os homens costumam ficar aflitos, em estupor, diante de algo que excede o normal. Os homens não sabem lidar direito com tudo quanto sou." Assim ela justifica, modestamente maravilhosa.

Amanhã eu voltarei

O dia não quer terminar. Todas as dores marcaram encontro, vieram hoje. Nada mais há para acontecer, sobretudo abusos do destino. Fui a escolhida. Alguém resolveu que, num curto lapso de tempo, minhas memórias deveriam captar episódios marrons de dor e destruição, que sucessivamente seriam substituídos por outros e ainda outros. São vendavais que surgem de todos os cantos, vergastando impiedosamente, com a água da tormenta, a superfície da mesma esfinge. Nunca fui decifrada, talvez nem seja. Onde há tormenta e solidão, aí estou e estarei. Acostumei-me com toda sorte de temeridade. Lancei-me sozinha ao caos, mais de uma vez. Apenas num momento ouvi som — era eco do meu próprio canto. Isso e mais nada. Essas jornadas íngremes fizeram-me forte. Sou uma mulher forte. Mora em mim uma dor que às vezes tarda a partir. Mora em mim um horror que rasteja, assusta, engole. Mora em mim a riqueza e a soberba, e também a mendicância. Sorrio e choro, no mesmo tom. Tenho acreditado cada vez mais que a luta entre opostos encontra arena em meu penar. Que venham então as desconfianças e as esperanças. Que venham as velhas em dia de confissão e os bêbados com seus dizeres trôpegos e conselhos certeiros. Que venham poetas, e, se quiserem, que se façam acompanhar dos que se deram ao luxo de despeitar amantes. Homens belos, pobres homens belos. A beleza é, desde sempre, uma maldição. Ficarão entregues ao que passou. Olhos para ontem. Velhice sem piedade.

Enfrentei com galhardia o desmoronamento causado pela saudade. Conformei-me com menos batidas no tal relógio. Saí com leveza de encontros prometidos. Esqueci palavras que por si só me conduziriam a algum festim permitido e proibido. Proibi-me beijar o que parecesse veneno. Enganei-me algumas vezes. Mas quem domina tudo isso? Quando cada cavalo resolve fazer o que bem entende, o que resta ao cocheiro? Quando cada veleiro de uma flotilha é levado pelo vento a singrar um dos oceanos, que podem fazer os timoneiros? Não reclamo dos vagalhões nem dos entulhos. Não me dou esse direito. Deixei que se acumulassem e só cuidei para que não desaparecessem. E por quê? Para quê?

Hoje estou aqui. Felina. Furiosa. Medrosa. Mulher. Hoje estou prestes a desistir e, para não me entregar, tento não olhar para o lado nem para trás. Observo esta dor, diferente das outras. Percebo a cicuta injetada. Procuro antídotos. Não há. O veneno consome, avassalador, tudo o que foi construído depois de cada anoitecer. Ventos que sopram, onde querem e como querem, levaram as brincadeiras que ajudavam a preparar a festa. Não reclamei. Entendi o cenário e entrevi ao fundo um chafariz e alguns pardais. Não fugi, como tantos fizeram. Não estraguei a fotografia. Era preciso parar. Parei. Tinha de prosseguir. Prossegui. Fiz o que foi preciso. O que me mandaram. Era conduzida com leveza para não incomodar. Decerto não incomodei. E então? Onde está a recompensa?

Hoje não vi recompensa alguma. Obedeci aos sons que me foram arranjados e tenho a convicção de que não desafinei. Fui o que esperaram de mim. Marido, filhos, sorriso, atenção. Sabia que mudanças de estação não atingiam apenas a mim. Então por que resistir? Era apenas uma questão de tempo. Renunciei a alguns sorrisos, como fazem todas as que zelam pelo conjunto. Desejos, ora, desejos foram dominados com valentia. Loba, cobra, que importa? A cria está aí, não está? Defendida, treinada. Pedacinhos de ontem me preenchem, um pouco. Estou só. E o pior é hoje.

Hoje já não há por que continuar. Deixei tudo quando amanheceu. Resolvi me transformar. Vim para esta campina sozinha. Vim para esperar pelo que, a vida toda, desejei. Tomei coragem. Bagagem de tudo o que foi deixado de lado. E sozinha aceitei o convite que me fizeram. A data é hoje. E ninguém vem. Os elogios me destruíram. Foram mortais. Impulsionaram-me a estar aqui, agora. E sem receios. E nada. Ninguém vem. E voltar? Como voltar? Depois de tudo? Como convencer a mim mesma de que o que era era e deveria assim ter continuado. Quis reinventar. Acreditei que hoje haveria serenata e que os pássaros cantores, milagrosamente, teriam a coragem de me cumprimentar. Tinha a certeza de que me sentiria uma vitoriosa. Ilusão de quem não teve o costume do toque. É isso. Ao primeiro toque a flor preguiçosa se abre. E se entrega. E sonha. E morre.

Hoje estou morta. Decididamente, infinitamente, indiscutivelmente morta. Burrice? Paixão? O que importa?...

Amanhã serei apenas o que não fui ontem, muito menos hoje. Amanhã eu voltarei, me repetirei em outras mulheres, porque assim sempre foi e sempre será.

Foi demais para mim.

Estela e suas irmãs

Tenho três irmãs. Minha avó prateada sempre me preveniu de que deveria ser esperta. Ouvi e obedeci. Sou bem esperta. Minhas irmãs são como pardais domésticos: gostam muito de me perturbar. Afirmam as maiores barbaridades a meu respeito. Zenita, a mais velha, me chama de folgada. Folgada é ela. Zoraide, a mais nova, me chama de louca. Louca é ela. Zilá, a segunda, diz que eu sou atacada. Atacada é ela.

Quando não mexem comigo, faço tudo certo. Tenho boa memória, e elas têm inveja.

Zenita se acha linda; eu não acho. Tem namorado e tudo, mas eu não ia querer um namorado daquele. Prefiro ficar sozinha.

Zoraide diz que sou filha de criação só para me irritar. E me irrita.

E Zilá fica disputando comigo. Tem pernas grandes. Eu também tenho. A Tiana, minha professora de ginástica, diz que minhas pernas são lindas e que sou muito forte. Zilá não acredita e diz que ela fala essas coisas só porque eu pago as aulas. Despeito.

Zenita se irrita porque gosto de dormir cedo. Principalmente quando faz frio. Comprei um aquecedor e instalei no quarto. Fico lá. Ah, tem a Tetê, de quem me esqueci de contar. Ela trabalha em casa e gosta muito de mim. Diz que sou maravilhosa e muito boazinha.

Zoraide diz que eu sou boba. Boba é ela. Bem que minha avó, dos cabelos de prata, dizia.

Num dia desses dias eu estava brincando de o-que-é, o-que-é? e aí eu perguntei para as minhas irmãs: "O que é, o que é: uma caixinha de bom parecer, não há carpinteiro que saiba fazer?". Elas não adivinharam. Eu ria muito, porque tudo o que elas falavam estava errado. Ri até rolar no tapete. Aí dei a resposta: "Amendoim". Elas não se conformaram e começaram a dizer que eu era louca. E que amendoim não era caixinha. Bem, eu nem liguei, eu li isso num livrinho quando era criança e tenho certeza de que estava certo. É sempre assim. Qualquer coisa que falo é motivo para que elas fiquem tirando sarro. Agora Zenita resolveu que meu nariz está torto e que tenho problema de gengivite. Eu não tô nem aí. Deixe-a dizer o que quiser. Quando elas me perturbam, eu chamo as três de bobocas!

Noutro dia, o Juninho, que tem sete anos, disse que meu cabelo era lindo. O que eu posso fazer se ele falou? Aí elas ficam me criticando. Decerto é porque ele não disse nada do cabelo delas. Quando eu vou ao banheiro com uma delas, elas me xingam porque eu fico esperando alguma delas abrir a porta para não sujar minha mãozinha. Eu não gosto mesmo, ué!...

Agora a Zilá fica me irritando só porque tenho micose no pé. Ela fica dizendo a torto e a direito que eu só estou com metade da unha. E eu não tô nem aí. Disseram que eu só tive um namorado e que, por ser muito tensa, não dei conta do recado. Elas não sabem de nada. E se eu sou virgem ou não sou não conto nem para mim mesma. Elas são invejosas. Esses dias um moço até olhou pra mim no restaurante. Se eu quisesse, eu até daria meu telefone. Elas riem porque ele nem pediu. Ué! Se eu quisesse, eu daria.

Problema de pele eu não tenho. Quem tem é a Zoraide. Eu não tenho inveja dela, não. Sou mais baixa, mas... e daí? Minha avó dizia que cada um é de um jeito. E, se eu não gosto muito de gastar dinheiro, elas não têm nada com isso. Elas ficam dizendo que eu tenho incontinência urinária toda vez que pedem a conta do restaurante. Sorte minha que sou bem esperta. E tem mais: eu sou muito doce, pode perguntar para as minhas amigas. Já as minhas irmãs dizem que eu podia trabalhar num hospício. Eu nem ligo. Acho muito digno quem trabalha em hospício. O pior foi naquele dia em que eu não queria sair e inventei que estava fora. E fiquei falando ao telefone, dizendo que estava numa festa e que não podia falar muito, e isso e aquilo, e as três bobocas atrás da porta, ouvindo tudo. Ué, quem mandou me convidar?

Aí elas dizem que sou mimada. A Zilá até falou que me estragaram só porque eu tinha umas manias meio estranhas, e papai achava que eu tinha problema. Ué, todo mundo tem mania. Eu, pelo menos, não bebo e sou certinha. Fiz xixi na cama até os doze anos, mas até aí... Chupava dedo até os nove, aí mamãe punha pimenta no meu dedo. Quando tinha quinze anos fui fazer um curso de controle da mente. E o moço do curso perguntou quem fazia xixi na cama. Aí a Zoraide, no meio do curso, disse que eu fazia xixi na cama. Chorei tanto que no dia seguinte papai foi ao curso para dizer que quem fazia xixi na cama era a Zoraide. A Zoraide sempre foi dedo-duro. Eu tinha mania também de fingir que era uma abelha. Colocava umas coisas no cabelo e pulava pela casa com um pote de mel dizendo que era abelha. Ninguém acreditava. E daí?

Ah! Tinha outra coisa. Eu gostava de recortar folha de árvore para fazer colcha de dormir. A Zilá dizia que ela, que era mais nova do que eu, sabia que isso não tinha o menor sentido. Essa era a opinião dela. Ela ficava pegando folha de árvore e abrindo ao meio e dizendo que era a boca do jacaré que ia me morder. É claro que eu ficava com medo. De repente podia ser mesmo... Sei lá! Tem tanto mistério no mundo.

Enxaqueca, nunca tive. Não que me lembre. Tinha dor na bexiga, decerto por causa do sarampo e da catapora. Bem, pelo menos não vou ficar com pintinha vermelha nem amarela. Pior era a Zoraide, que não teve nada. A Zilá só teve catapora. E a Zenita só teve sarampo. Viu, como eu sou a melhor das quatro?

Quando crescer, acho que vou querer ser médica de animais bem pequenos. Zoraide diz que eu só cresço dos lados. Eu nem ligo. Vou cuidar só de bicho, porque gente é muito estranha. E vou deixar de ser guia de museu. Eu me confundo muito e as pessoas ficam me corrigindo. Ué, que diferença faz? Todo mundo que está lá já morreu mesmo. Se o nome era outro. Se a data era outra. Se o lugar era outro... E daí? Eu que não sou obrigada a saber de tudo. E tem mais. Tem gente lá que eu acho que nem existiu. Acho, sim, mas fico bem quieta, senão eles vão achar que eu sou louca. E daí!?

Saudades da amiga

Fala sozinha, mas nem por isso deixa de falar com as outras pessoas. Sobretudo com as educadas, porque tem muita gente por aí que não vale a pena. É muito sincera. É pessoa que se define pelo dourado, por exemplo, e não muda de idéia. Se gosta, gosta. Se não gosta, não gosta. Tem duas sobrinhas. Uma é merecedora de apreço. Beija-a sem economia. A outra, de desprezo, só cumprimenta pela obrigação dos laços familiares. Essa segunda, de cujo nome não se lembra, já quis interná-la numa casa de velhos. Não foi. Que disparate, um fedelho que não saiu do cueiro decidindo o destino dela! Pensa que é enxurrada forte, e que por isso arrasta trecos e gentes para onde quiser?

Teve, essa sobrinha de cujo nome não se lembra, muita doença quando criança. Isso deve ter alterado alguma coisa nos seus miolos. A outra, Anita, é uma princesa. Conta-lhe histórias bonitas. É namoradeira, e por isso não tem amargor. Chega com um aroma que se sente ao longe, perfume de jasmim. É requintada. Sabe usar o tom certo de voz e de roupa. Podia ter sido sua filha. A de cujo nome ela não se lembra não podia. Não gosta de gente que não olha nos olhos quando diz alguma coisa. Aliás, ela nunca responde quando a antipática lhe dirige a voz. Não tem culpa de sua doença.

Anita quis levá-la para morar em sua casa. Não aceitou. Não acha o marido de Anita homem digno. A sobrinha merecia coisa melhor. Os filhos de Anita puxaram mais ao pai, têm a estranheza de gente da família dele, não de Anita. A outra também se casou, mas ela prefere não comentar. Perda de tempo.

Gosta de morar sozinha. Gosta de não ser incomodada. Não gosta nem de ouvir o cantar harmonioso da patativa. Conversa com as pessoas que já morreram, porque, nunca se sabe, pode ser que estejam precisando de companhia. Nunca teve medo de fantasmas. Se quiserem, apareçam, até faria um chá, se é que fantasmas gostam de chá. Acha mais leve do que café. Bem, também não é demais fazer os dois e deixar que eles escolham o que preferem.

Não sai muito de casa e, nas poucas vezes que o faz, finge-se de surda. Não responde quando lhe falam e fica olhando de um lado e do outro para que comentem a seu respeito. Já conheceu muita gente assim. Sempre sugere isso a Anita. "Finja-se de estrangeira ou de surda e aí você vai saber o que de fato pensam de você." A sobrinha sorri e diz que vai fazer. A outra, bem, a outra não merece ensinamento. Que fique com o estranho do marido e com aqueles filhos que mais parecem animaizinhos precisando de domador... Ô, gente inoportuna!

Há algumas amigas da mesma idade. Jogam cartas duas vezes por semana e comentam a vida dos outros. Todas elas têm muita história para contar. Viveram numa época em que havia romantismo e esperança, viveram num tempo em que as músicas eram de fato românticas e os cantores e cantoras tinham voz e as histórias de suas canções ficavam entre elas. Tempos da Rádio Nacional, tempos de elegância. Hoje em dia é uma esculhambação total. Igual aos filhos da outra. Anita parece que é daquele tempo. Tem a têmpera das princesas.

Comentam as amigas, em dias de jogatina, sobre viúvas que nem sequer visitam o túmulo do marido. Choram e se vestem de preto enquanto o morto está na casa, para que toda gente repare. Fingem desmaio. Insistem em que o morto se levante. Dizem que vão junto. E de preto. E, a cada um que chega, contam a história e choram de novo. E soluçam. E se batem, fingindo dor. E depois nem o túmulo visitam. Má-criação. Túmulo tem de ser lavado, não é porque está morto que tem de "viver" na sujeira. Preocupam-se mais, essas viúvas, com coisas que preferem nem dizer, mas que bem sabem.

Anita há de limpar o seu túmulo. A outra vai querer saber da herança. Mas pode esperar sentada, porque a morte vai tardar muito a chegar. E, quando vier, ela há de se fazer de surda, e a intrometida que volte outro dia. Anita canta desde criança, tem voz angelical. Pena é o marido, que não lhe dá valor, e os filhos, que lhe dão tanto trabalho. Se quisesse, Anita teria sido miss. Tem uma pinta no pescoço, marca das pessoas especiais. A outra, ela não reparou se tem pinta ou não. Em dias de aniversário, vem toda a família. Os filhos da outra têm mania de beijá-la. Beijo molhado, exagerado, falso. O marido nunca vem. Tanto melhor. O marido de Anita vem e dorme no sofá feito um porco depois do almoço. Ela não merecia isso. Os filhos até beijam com educação, mas não têm a suavidade da mãe. E já são crescidos. Depois dessa idade não mudam mais. A de quem nunca se recorda o nome gosta de fazer perguntas sobre a mãe, que morreu há alguns anos. Ela se faz de surda e cantarola canções românticas de antigamente. Anita chega, diz alguma coisa e ela imediatamente responde. Não se importa se a outra se chateia. Que não volte mais, então, pensa. E diz. As duas gostam de trazer comida. A trazida por Anita ela come toda. A da outra, joga fora. Tem medo de ter veneno.

A sobrinha desdenhada já quis saber o que fazer para conquistar o coração da única tia. Quis saber o motivo de tamanho desprezo. Fingiu-se de surda e ficou arrumando a dentadura. Anita sugere que tenha paciência e que não deixe de amar a tia mesmo assim. Um dia, chegando em casa, falando sozinha com os mortos ou com quem quer que fosse, deu comida aos gatos, beijou dois retratos. Sentou-se e repreendeu a cunhada, defunta morta há muito. Nunca perdoou o desatino da traição. O irmão não merecia isso. Só ela sabe, só ela viu. Anita é meia-irmã da outra, em tempos em que o respeito ainda estava na moda. E a outra parece com a mãe, tem cara de santa, tem jeito de santa, mas não engana gente viva e vivida. Vai levar ao túmulo esse segredo, se bem que filha bastarda devia ser denunciada. Bobagem, não se gasta vela com defunto ruim. A menina é sonsa. Anita, não. Anita podia ser o que quisesse. Pena ter casado com homem sem expressão. Ela teria escolhido marido melhor para a predileta ou sugerido que permanecesse solteira, às vezes vale mais a pena.

O pai da outra quis, um dia, desposá-la. Ela não lhe deu confiança, decerto por isso se voltou para a cunhada, mais gorda e menos nobre do que ela. Mereceram-se. Está morto também. E uma coisa que ela sempre repara é que ninguém limpa seu túmulo. Bem feito. O primeiro retrato que beija sempre que entra em casa é do irmão, o traído. E o segundo é o de uma mulher, que morreu e deixou muita saudade. Derrama algumas gotas de água, na forma de lágrimas. Sobre essa história, ela só conta aos mortos, porque os vivos são muito futriqueiros.

Medo de ontem

Sem descaramento algum, convidou-me para um passeio a cavalo. Corei. Era, na época, bem menina, e tinha uma formação permeada de valores, que me desaconselhava a aceitar proposta de homem, ainda mais de Francisco, homem sabidamente namorador.

Lucinda já tinha nos contado sobre sua performance. Lucinda sempre foi de revelar detalhes. E não economizava ao descrever o que fora feito e o que tinha sentido. Caprichava nas nuanças e nos tons da aquarela.

Na primeira vez em que o vi estava acompanhada de minha mãe e voltávamos da quermesse. Sempre fomos afeitas a trabalhos sociais e nunca deixamos de ajudar na paróquia. Ele vinha sem camisa, com uma bola de futebol na mão, o corpo suado. Cumprimentou-nos com elegância. Minha mãe, que de nada sabia, comentou sobre sua gentileza e seu sorriso. Eu, prevenida pela prudência, lembrei-me de Lucinda, dos detalhes, do perigo. Continuei, passo firme, mãos dadas com minha mãe. Ao dobrar a esquina, consegui espiá-lo, com o rabo do olho, refrescando-se na torneira do jardim. Pressionava a boca da torneira, fazendo esguichar no peito um jato aberto, em leque, de água limpa. De olhos fechados, ele gozava o frescor. Guardei a sua breve imagem, molhada, escorrida, rapidamente escondida pela parede da esquina.

Outra vez, estava a caminho da missa dominical quando, com os mesmos trajes e o mesmo suor, ele me abordou. Sorriu e disse que gostaria de uma prosa. Com voz contida, agradeci e disse que era hora da santa missa. Pediu permissão para me acompanhar. Eu não disse nada. Ele me seguiu. Disse alguma coisa de que não me lembro. Sem me despedir, entrei apressada na igreja. Tremia de alegria e de medo. Confesso que não fiz oração alguma. Estava na igreja sem estar na igreja. Era Francisco, que já tomava conta de mim. Despedi-me do padre, como faço todas as vezes, e fui, na ânsia de não encontrá-lo. Jurei que não olharia para o lado e que, se por acaso ele puxasse prosa, eu declinaria e me fingiria de surda ou de não-sei-o-quê. Apressei o passo, diminuí, parei, olhei para os lados. E nada do Francisco.

Passaram-se duas semanas, e eu não conseguia pensar em outra coisa. Saía para nada fazer. Voltava. Saía. Voltava. E uma ânsia tomava-me de assalto a cada instante. Lamentava não lhe ter dado um pouco de atenção. Poderíamos ter sido amigos. Culpava-me por ter sido tão pouco cristã com ele. Foi gentil e eu, grosseira. Decerto não queria mais me ver. Decerto achou-me antipática. Tinha vontade de encontrar Lucinda e perguntar por ele. Não, não seria correto. As noites em claro me traziam seu sorriso e as poucas palavras que ele me dissera. E mais nada. E não havia ninguém com quem eu pudesse partilhar essa dor.

E então ele surgiu e veio com esse convite. Primeiro sorriu e perguntou-me se tinha sentido sua falta. Não respondi. Sorriu de novo e me disse que compraria um cavalo e que precisaria experimentá-lo e que eu seria a melhor companhia. Sem aceitar, fui. Sem dizer palavra, fui. Entramos numa rua estreita que desembocava numa pequena ponte sobre um riacho de nome Prazeres. Ele olhou para a placa e sorriu mais uma vez. Fiquei séria. Pensei em voltar. Tive vontade de continuar. Ele, de vez em quando, me ajudava a evitar algum pedregulho do caminho. Tive vontade de perguntar se faltava muito. Não perguntei. Ele falava pouco. E tocava com leveza.

Chegamos a um campo onde estava um cavalo. Ele me ajudou a sentar num tronco de árvore caído e disse que iria galopar. Aprumei o corpo. Ele montou no cavalo, em pêlo, e começou elegantemente a cavalgar de um canto a outro. Ao primeiro galope, um bando de tangarás esvoaçou de uma moita e enfeitou o céu de azul e vermelho. Francisco tirou a camisa. Seu torso nu era estonteante. O que eu via era um bailado. A cada aproximação eu olhava para outro lado. Tinha medo do olhar. Tinha medo do que viria depois. Veio, num trote suave, e parou perto de mim. Fiquei aliviada, querendo voltar. Convidou-me para subir com ele no cavalo. Nada disse, mas fui. Subi. Encostei-me levemente em seu corpo e dancei com ele. As batidas do meu coração me denunciavam. E o tremor das mãos. E ele puxava-me um pouco mais e sorrateiramente colocou as minhas mãos sobre seu peito nu. Era uma sensação jamais sentida. Nenhum de nós falava nada.

Descemos do cavalo. Ele me olhou e tocou levemente em meu rosto. Aproximou-se um pouco mais e beijou com vagar minha face. Suas mãos apressadas sentiram-me por inteira. Eu quis resistir. Nada fiz, e fui. Beijou-me com elegância. Pouco a pouco, fez com que me sentisse desnuda, ficasse desnuda. Traços de carinho me preenchiam por inteiro. Nada dizia. Apenas me convidava para experimentar o inusitado. Era, a partir daquele momento, um mestre, e eu entregue, sem muito pensar. Depois da fluidez das carícias, uma invasão dolorosa, saborosa. Era meu primeiro contato com o mundo estranho. Era susto e medo com desejo e desejo. Não dominava coisa alguma. Inerte. Bailarina principiante, mas leve. E ele, com a tonalidade certa, foi colorindo cada trecho do meu corpo. Era a eternidade, naquele instante. E o cenário bucólico de um campo com pouco verde. Tudo aquilo haveria de passar. Pouco importava.

Se foi errado, eu não sei. Só sei que daquele jeito nunca mais aconteceu. Só sei que sua partida se deu sem notícia alguma. Só sei que penso nele todos os dias. Só sei que a ferida não cicatrizou. Meu marido, homem bom e compreensivo, não sabe de nada. Nem dele, nem de mim. Sua liberdade não permitiu que ele me levasse, para não sei onde. Decerto eu iria. Iria, ainda hoje, trinta anos depois.

Virgínia, a escolhida

Mulher prendada, essa Virgínia. Fazia de tudo o que era necessário e, se preciso, ainda o supérfluo. Amante das canções românticas, cantava junto, sem pestanejar. Se a voz era afinada ou não, isso era o que menos importava; o que valia mesmo era a alegria de cantar. Não que não tivesse dissabores na vida — já experimentara tormentas que só ela sabia.

Quando jovem, enamorou-se de um rapaz que não tinha dotes que lhe despertassem maior desejo. Mas enamorou-se, principalmente por causa das seguidas recomendações dos pais, temerosos de que ela fosse ficar sem ninguém. Com esse namorado, não tinha muita conversa. Não é que fosse lá a mais linda das mulheres, mas o tal do Ernâni era feio de doer. Ficaram juntos uns bons três anos, até que chegou o momento de o moço fazer proposta de casamento. Ela disse não. Ele conversou com os pais dela, que não demoraram a convencê-la de que Ernâni era homem de bem, artigo em extinção.

Chegou o dia do casório. Família reunida, amigos, gente do bairro, da redondeza. O pastor, homem de profunda fé, começou a falar. Disse coisas bonitas, explicou trechos da Sagrada Escritura, emocionou a todos, contando um pouco de sua história de conversão. No momento áureo de sua pregação, disse:

— O casamento é como uma rosa. Tem suas pétalas, mas também seus espinhos. O casamento é uma escolha, é uma renúncia, uma aceitação. Ernâni escolheu Virgínia. Virgínia não escolheu Ernâni. Ela renunciou à sua escolha e aceitou o que seus pais queriam. E por isso serão felizes.

E, como se não bastasse, prosseguiu:

— Ernâni, cuide de Virgínia como se cuida de uma rosa, com delicadeza. Virgínia, saiba ver a beleza interior de Ernâni. O que é feio aos olhos dos homens pode ser belo num coração que ama.

E, com isso, declarou-os casados.

Em cinco anos de casados, quatro filhos. Ernâni Michael, Ernâni Nicholas, Ernâni Peter, Ernâni Ronald.

Ao ser perguntada se, de fato, o feito era realmente bom, Virgínia, a escolhida, dizia que não fazia mais que cumprir sua obrigação.

Morreu Ernani. Morreu de morte prematura. Doença estranha. Ninguém sabe bem do que foi. Virgínia chorou o tempo correto. Fez tudo o que dela esperaram pai e mãe. Ficou de luto.

Cuidou dos filhos com apreço. De homem não quer mais saber. Já deu sua cota de sacrifício. Gosta mesmo é de trabalhar e de ouvir músicas românticas. Sonha com cantores e artistas. Freqüenta todo tipo de programa de auditório. Acha divertido e emocionante.

Todos os dias, às 11h11, faz pedido. Aprendeu isso com a patroa. Não quer nada demais. Torce para finais felizes em novelas, gasta parte do salário com pequenos presentes que leva aos velhos nos asilos, faz doces e balas para o Dia das Crianças. Vive feliz.

Os filhos, já crescidos, agradecem pela mãe dedicada que tiveram. Do pai se lembram de que bebia e de que era violento. Revezava essa vida com constantes tentativas de conversação. Alguns meses do ano, era na Igreja do pastor Rubens que passava os dias. Nos outros, era pinga e agressão. Sofreu muito a mãe, resignada. Fez o que os pais quiseram e o que o pastor decidiu ser vontade de Deus. Até que um dia a tal da doença levou Ernâni. Médico, não chamaram. Acordou morto, o infeliz. Disseram alguns que era da cachaça. Uma velha mais experiente duvidou e baixinho comentou com a escolhida: "Veneno de rato é tiro e queda. Na dose certa, mata mesmo".

Virgínia nunca duvidou de que a vida haveria de tomar rumo melhor. O tempo conserta o que tem de ser consertado e devolve aos bosques o tilintar matreiro do tié-sangue cantador. Virgínia sabe que nunca fez nada por mal e por isso sonha com campinas verdejantes e riachos pedregosos, de águas limpas, que avançam devagar, em sutil mobilidade. Nos sonhos, às vezes chove sobre as campinas, e a água celeste realça o verde musgo da capa vegetal. A mesma chuva, no alto da serra, torna o curso d'água mais célere, mais encachoeirado. Mas sujeira não há. Nem nos campos, nem nas águas do riacho, nem em sua memória. Há espera de algo que ela não quer que aconteça. Romantismo, só na vida dos outros. É bonito de ver, de torcer, mas de viver, hã!, bobagem... Ernâni que o diga. Se é que do lado de lá se pode dizer alguma coisa...

Dona Geisa Skelsen

Dona Geisa Skelsen é uma mulher odiosa. Durante anos tolerei aquele mau humor e aquele caminhão de indelicadezas. Nunca vi mulher tão mal-amada, tão encrenqueira. E eu era paciente. Sempre fui educada para tolerar pessoas assim. Tive berço. Ela diz que também teve, mas não é o que mostra. Solta faísca!

Quando vim para a cidade grande, ela me convenceu a morar no mesmo prédio que ela. Parecia gentil. Conseguiu um desconto no apartamento logo abaixo do seu. Deu alguns palpites na pequena reforma que os meus parcos recursos permitiram naquele momento. Eu já a achava um pouco brava, mas nada que me assustasse.

Com o tempo, tive de tolerar todo tipo de aborrecimento. Ela implicava com meu jeito de falar: em alto e bom som me chamava de caipira. Falava das minhas roupas como quem tivesse a verdade sobre elegância. Por diversas vezes vasculhou as etiquetas das roupas para provar que a marca que eu usava não estava ok. Isso mesmo. Aliás, ela adorava essa expressão: "Hoje você está ok", "Hoje você não está ok".

Dizia-me coisas, ora em francês, ora em italiano, às vezes em inglês. E eu, com cara de tonta, porque não entendia nada. Contava-me piadas nesses idiomas, e eu ficava imaginando a hora em que deveria rir. E ela ria da minha ignorância. Chamava-me de ignorante com sotaque. Dizia que era para quebrar um pouco o mau gosto que a convivência comigo lhe proporcionava. E eu ali, mas com vontade de ir embora, com dor de estômago de tanta humilhação.

Uma vez em que eu contei uma coisa boa que conquistei no meu discreto emprego de enfermeira, ela, risonha, perguntou se eu estava tendo uma crise de cabotinice. Cabotinice? O que seria isso? Eu não respondi nada. Sorri e esperei a próxima pancada. E ela, soberba: "Cabotinice, coisa de gente pernóstica". E eu, na mesma. Mais um sorriso, mais uma humilhação. "Estúpida. Poderia ao menos ser exótica. Nem isso. Sonsa. Não sei como perco o meu tempo com pessoas que não importam."

Não sei por que eu agüentava tudo. Sempre praguejei contra gente arrogante, sempre fugi de pessoas que maltratavam as outras. E estava lá eu com aquela aristocrata, aquela gralha gritadeira, que havia me contado duzentas vezes a história dos antepassados dela. Nunca vi tanta gente importante junta. Família de nobres. Cada um melhor que o outro. Ao final ela ria, baixinho, e me dizia: "E você, tolinha, tem algum nobre na sua família? Não responda. A melhor maneira de esconder a ignorância é fingir-se de muda". E eu ria. Como assim?! Eu ria de nervoso, de raiva, de indignação.

De vez em quando me convidava para alguma festa de gente importante e me alertava para que ficasse muda. Não sei por que aceitava. Quando alguém me elogiava por qualquer motivo, ela advertia: "Você a conhece superficialmente; ela é boazinha, mas é limitada, bem limitada". Eu sorria, como que dando aval para aquele abuso.

Quando ela me telefonava, eu ficava alguns minutos ouvindo reclamações sobre alguém sem importância, como ela dizia. Ouvia e não ouvia. Em geral, eu fixava o olhar no vidro da janela, em frente, onde a neblina juntava uma cortina de gotas deslizantes que iam desenhando veias na superfície opaca. Um mundo imaginário se formava naquelas assimetrias, e eu viajava para lonjuras imensas. Ela desligava o telefone, sem sequer perceber que eu não a ouvira um segundo sequer. Nunca se preocupou em perguntar se eu estava bem. Eu não tinha importância, era a decisão dela.

Dona Geisa Skelsen é mulher odiosa, sim. O dinheiro lhe deu jóias, um tríplex maravilhoso, convites e mais convites para freqüentar a alta sociedade, mas não lhe deu polidez. Ela é a escória. Nasceu rica, estudou em diversos países, mas ficou só. Ela e eu, a boba. Boba, sim, porque quem aceita esse tipo de desaforo é bem boba mesmo.

Um dia, fiz o que não sei como consegui. Depois de umas vinte má-criações em uma mesma noite, corrigindo meu português, remedando meu sotaque caipira, rindo da minha roupa na frente de todo mundo, me chamando de simpática idiota, boazinha, mas sofrível, decidi. Decidi mudar e acabar com a submissão voluntária. Porque nada eu devia a ela, apenas fazia companhia, mudando inclusive meu turno de trabalho para servi-la quando e como quisesse.

Chegamos ao prédio. Enquanto estacionávamos o carro, ela me desejou boa-noite. Disse assim: "Não ligue amanhã quando acordar... gente pobre tem mania de dormir pouco. Se eu tiver paciência de te ver de novo, deixe que eu ligo".

Chorei a noite inteira. Dormi só um pouquinho, quando o dia já estava clareando. Acordei e, antes de trabalhar, fui à floricultura e escolhi uma coroa de flores, da mais mixuruca. Comprei aqueles cravos roxos de cemitério, dos mais baratos, e escrevi na faixa: *Saudades eternas*. E mandei. Aliás, tinha aquela flor, monsenhor, também chamada de cravo-de-defunto, amarela, que fede que só. Mandei. Coroa de defunto. Morra, desgraçada, morra! Fiz isso para não mandar o que a minha tia Zizi mandou para a sogra: uma caixa com um rato morto para ela parar de pedir presente para o filho e parar de atazanar a vida dos dois. Cortaram relações, depois disso. E viveram felizes, sozinhos.

Mandei a coroa de defunto pra Dona Geisa Skelsen. E não é que a mulher bateu as botas no mesmo dia?

Eu vou ficar sempre com essa dúvida: será que a mulher recebeu a coroa e morreu ou será que eu fui a profetisa que previu essa maravilha para o mundo: a morte da Dona Geisa Skelsen? Uma mulher odiosa, em cuja lápide eu escreveria: *Passou a vida enchendo, mas morreu cheia...*

Cheia de quê? De nada!

(No máximo, cheia de gases...)

Silêncio

Hoje você vai ter de me ouvir. Durante todos esses anos era eu quem me desdobrava para estar atenta. Cada desejo seu era, quando possível, adivinhado e cuidadosamente realizado. Fiz de tudo para que nossa relação fosse uma relação. Eu não tive bons exemplos em casa. Meu pai era severo demais e minha mãe sofria de seus ataques de sedução. Sabia de suas amantes, mas fingia acreditar no amanhã. Enquanto isso, padecia em silêncio. Morreu de câncer, minha mãe. Morreu jovem, bonita e sozinha.

Guardei esse rancor do meu pai. E jurei que seria diferente de minha mãe. Risinho bobo. Tentou me conquistar a vida toda, do seu jeito, com sua ausência e seus presentes. Durante anos nunca teve a coragem de me olhar e confessar sobre seus namoros. Está velho hoje. Velho, bonito ainda, e sozinho.

E doente. Está um pouco caduco. Tanto melhor, porque sofre menos. Mas, assim mesmo, não tenho a menor vontade de lhe fazer companhia.

Você me prometeu o universo. Ora, como você era doce. Quase a antítese do meu pai. Eu o aguardei ansiosamente. Que surgisse da tela de cinema de algum filme romântico. Surgiu mesmo. Vinha com a atitude típica do herói do cinema: conversa mansa, dizeres apaixonados, promessas. E eu, grávida de felicidade.

Queria tanto que a danada da felicidade nascesse... E ela, preguiçosa, não vinha nunca.

Quando você veio, eu estava como que um martim-pescador. Ficava pousada sobre um galho, imóvel, observando a superfície do lago e esperando que movimentos a água assumiria, tocada de leve pela brisa da manhã. Observava, efervescendo por dentro, mas, na aparência, tranqüila e dona de mim. Você parecia entender dessas coisas. Foram necessários uns poucos elogios, uns toques de ternura, para que eu me entregasse, e sorrisse, e jurasse, para mim mesma, que seria feliz. Eu seria feliz. Não morreria de desgosto ou de desprezo, como minha mãe. Tinha conhecido de fato um homem, não um macho que tripudia em cima de sentimentos, não um macho bobo e carente que tem a obrigação de a cada estação seduzir uma nova mulher.

Você bem sabe que eu me entreguei sem reservas e sem medo. Despi-me de minhas garantias, entreguei as chaves e entrei, sozinha, na frenética aventura do encontro. Os ventos, no começo, eram serenos, as águas nem se mexiam. Eu, passarinho, observava. E ainda havia a sua beleza, que fazia acentuar o meu desejo de tocá-lo e de ser tocada. Você me entendeu, me envolveu, me possuiu. E eu juro que disse sim para tudo porque não havia temor, não havia dúvida da promessa, e o presente era a antevisão de felicidade. Não poderia ser diferente.

Mas foi.

Em alguns anos, aquele homem tinha morrido. Em seu lugar ficou um outro, que não tinha sido convidado. Você se transformou para pior. Era, de novo, meu pai a me assombrar. Seus encontros, em outros quartos, nem eram sequer disfarçados. E eu repeti minha mãe. Fingia não ver, não saber. Imobilizei-me, outra vez, à beira do lago. Acho que tive preguiça de começar de novo. Ou talvez medo. Sim, medo da solidão. Ora, mas a solidão já estava ali! Eu devia tê-lo deixado no primeiro estádio da sua mudança. Faltou coragem.

E o resto... você bem sabe o resto. Acabaram-se os elogios. Sempre me achei bonita, e você sabe que eu era de fato uma mulher linda. Mas até isso você roubou de mim. Seus comentários jocosos sobre uma ruga aqui, um cabelo branco ali, estrias, celulite, óculos, você me fazia sentir velha, e eu não era nem sou velha. Que duro convívio, o meu com o espelho. Que desatino. Nada me impulsionava a reinventar a vida. Estava entregue. Sem filhos. Sem mãe. Com um pai que era mestre na arte de abandonar. E você, justo você, que era tão esperado. Surgiu da tela, vindo de um filme romântico. Mas o filme passou a ser de terror, de medo.

Fiquei doente. Entupi-me de remédios, colecionei médicos, cataloguei psicólogos. Fui me desfazendo. Você ria, dizendo que eu era maníaca, louca. Saía à noite e me deixava sozinha. Conversava com as suas mulheres do telefone da nossa casa. Eu ouvia tudo, e você sabia disso. Por que o fazia? Que tipo de prazer era aquele?

Eu não era sequer tocada, e você, sem ser perguntado, justificava que era porque eu estava doente. Por quê? Por que não me deixou logo? Por que quis assistir à minha ruína? Vida sem vida. Eu, de novo, reproduzindo a mulher que guarda para si o amor sem amor, um casamento de mentira, um homem sem toque. Eu o odiava, mas queria ser tocada, também não sei por quê. Jurava que ia trair, que ia arrumar amantes, que ia sair em busca de alguém que reparasse em mim. Faltou coragem. Faltou ousadia. Sobrou receio e, sei lá, para mim, dignidade.

Ainda bem que não fui. Tripudiaria sobre você, mas trairia a mim mesma. E eu queria continuar acreditando no amor.

Você volta hoje. Não há mais nada para me dizer, nem explicação. Só há esse projeto não edificado. Alguns anos de amor e algumas décadas de arrependimento. Como eu haveria de saber? Estava onde, que chegou assim? Foi com quem? E agora tenho eu de arrumar tudo. E faz frio, muito frio aqui. Jamais gostei de temperatura assim. Minha mãe também não. Chorei tanto no dia em que ela se foi. Hoje não vou chorar. Vou providenciar o que tem de ser providenciado e depois ir embora, quem sabe aprender uma outra canção. A canção de dor já ocupou muito tempo, e eu ainda tenho muita vida pela frente. Sem você. Sem o que você deveria ter dito e não disse. Sem o que você não deveria ter feito e fez. E só assim é que você foi capaz de me ouvir. Pena que agora seja tarde. E talvez ninguém venha. Ou não. Isso é um problema seu. Apesar de tudo, a minha parte eu vou fazer. E depois? Depois vou continuar. Jovem, bonita e sozinha. Mas agora será diferente. Eu estarei inteira comigo.

O preço do pensamento

Ramira era avarenta. Nunca conheci ninguém com tanto medo de gastar dinheiro. Tinha olhos grandes, possivelmente para reparar no que as outras pessoas comiam. Sabia de cor o que cada um de seus netos colocava no prato — e olha que ela gostava muito deles.

Era obcecada pelas suas coisas, mesmo as descartáveis. Media quanto a empregada gastava de papel higiênico, porque costumava dizer que moça limpa se lava no bidê e não se esfrega em papel. Sentava em uma cadeira de balanço, fazia o balanço do que se passava na cozinha. Trabalho leve, porque as precauções já tinham sido tomadas. Armários trancados, geladeira controlada.

Gostava de água. Preferia-a bem geladinha, colhida da talha de barro, na copa. Gostava do murmúrio da água caindo da torneira ao copo. E era na cadeira de balanço que dedicava minutos longos e inteiros a observar como a água geladinha fazia suar de leve o copo. Que liquidozinho mais agradável, esse! Bom e barato.

Seu guarda-roupa tinha roupas da avó, morta havia quarenta anos, da mãe, morta há quinze, e de uma tia sem filhos. Além, é claro, das suas próprias roupas, que ela jurava não ter dado ainda por uma questão sentimental. Roupas tinham história e não podiam ser, assim, desprezadas.

Restaurante, ih!, nem pensar. Fazia as contas e via que era muito mais barato comer em casa. Mas nem era por isso, não. É que o restaurante mais próximo tinha, como ornamento vivo, uma arara-vermelha, barulhenta e porcalhona. Era o pássaro, isso sim, que afugentava a sua vontade de freqüentar o lugar.

Horrorizava-se com o preço das coisas. Não viajava. Sabia que podia encontrar gente malandra por aí. Não confiava em ninguém. A coitada da empregada comia o prato que a própria Ramira fazia, a pretexto de ser gentil. Ela, como boa cristã, servia a empregada. Gostava de missa, mas tinha medo de padre. Eles sempre achavam uma coisinha aqui, outra ali, para fazer na paróquia, daí vinham com rifas. Ela não comprava nada, nunca. Pedia desculpas, alegando ter medo de entrar em pecado por causa desses jogos de azar.

De família, ela mantinha certa distância. Quando precisava, ligava para a única sobrinha com quem mantinha certa relação. Ligava e dizia:

— Alô, é tia Ramira. Preciso falar com você.

E desligava.

Era a sobrinha quem ligava, depois.

A filha, havia muito, não a visitava. Apenas os netos iam vê-la. Sempre voltavam aborrecidos. Televisão, não podiam ligar. Chocolate, ou qualquer tipo de doce, fazia mal para os dentes. Computador, para quê? Luz acesa cansava os olhos. Som incomodava. E para que comer muito se depois passa mal?

Contas de água, de luz e de telefone eram irrisórias. A empregada ganhava o mínimo possível. Caixinha era um desaforo. Dar dinheiro aos pobres é estragar o destino deles. Cada um deve ter aquilo que recebeu para viver.

Presentes de Natal não passavam de invenção do consumismo e desvirtuavam o sentido da simplicidade da manjedoura. De igual forma, a Páscoa. Essa estupidez de ovos que só engordam as pessoas — e o mercado — e não ajudam a refletir sobre a festa.

E a danada da Ramira é rica, mas muito rica. Ela jura que não. Que a situação está difícil para todo mundo e que não sabe como vai ser o dia de amanhã.

Um de seus últimos negócios foi uma loja de armarinho, muito grande, que herdou do marido. Resolveu que a loja deveria ficar com a luz apagada e que só acenderia quando entrasse cliente. Resolveu que não é moderno embrulhar a mercadoria. Não que isso fosse mesquinharia para economizar papel, mas era para evitar tanta destruição de árvore.

Nas poucas excursões em que ia com o marido, comia até passar mal durante as refeições incluídas no pacote. Se a refeição oferecida era só café, tinha de sustentar o dia todo. O marido, que não era nenhum perdulário, mas também não tinha a avareza da mulher, se divertia com o jeito dela. Às vezes, tentava demovê-la de tanto pão-durismo, mas logo desistia.

No dia em que ele morreu, ela chorou muito. E foi um sincero dispêndio de lágrimas, sem economia. Tinham sido anos e anos de uma relação sem grandes traumas. Comprou um caixão discreto, o mais barato que encontrou, para evitar soberba, que poderia prejudicar sua entrada no céu. Não quis pagar velório; era mais aconchegante velar o corpo em casa. Com isso, o corpo só saiu para o sepultamento. E até hoje não fez inventário, porque não confia muito nos advogados, o que deixa sua filha furiosa. E isso explica uma das razões pelas quais a filha não a visita.

A única coisa em que Ramira não economiza, além das lágrimas pelo marido, é remédio. Morre de medo de morrer. Compra tudo o que mandam e tudo o que ela ouve dizer que é bom para viver mais. É claro que chora um desconto com o médico e com o farmacêutico, por causa da situação difícil do país. Tem elementos que ajudam no convencimento: quando sai de casa, usa roupas velhas e surradas, para evitar atrair a atenção de assaltantes. Não porque seja muquirana, que é isso!

Ramira pensa muito. Pensa o dia inteiro. Acha que faz bem. E há uma outra razão, de menor importância: pensar não custa nada.

Impressão e Acabamento
Prol
EDITORA GRÁFICA